献 诗

江一苇 著

陕西新华出版
太白文艺出版社·西安

图书在版编目（CIP）数据

献诗 / 江一苇著. -- 西安 ：太白文艺出版社，
2024. 9. -- ISBN 978-7-5513-2783-1

Ⅰ．I227

中国国家版本馆CIP数据核字第2024NK7228号

献诗
XIANSHI

作　　者　江一苇
责任编辑　何音旋　王浩伟
策　　划　北京泥流文化传媒
封面设计　白　茶
版式设计　建明文化
出版发行　太白文艺出版社
经　　销　新华书店
印　　刷　河北赛文印刷有限公司
开　　本　880mm×1230mm　1/32
字　　数　100千字
印　　张　8
版　　次　2024年9月第1版
印　　次　2024年9月第1次印刷
书　　号　ISBN 978-7-5513-2783-1
定　　价　50.00元

目录
contents

輯一
◆ 温柔的动词

梦见父亲	003
十月的村庄	005
温柔的动词	007
偶尔，你用小名唤我	009
执念	011
最美好的事	012
无题	014
这个世界总有一些残缺近乎完美	016
活着，最终要用死亡完成	017
假书	018
总有一些事不尽如人意	019
活着	021
放生石	023
散步的人	025

挣扎 026

打草惊蛇 027

距离 029

独白或宿命 031

钥匙 032

羞愧 034

老屋 036

和母亲一起睡觉 038

忘忧草 040

沉默的原因 041

积雪松动泥土 043

修理时间的人 044

顺着河流行走 046

在古城堡上望天空 048

人到中年 049

犁铧 050

踢着一块石头回家 052

火烧眉毛的事情 053

不惑 054

二愣 055

擀板筋　　　　　　　　　　　　057

我见过母亲最美的样子　　　　059

目送　　　　　　　　　　　　061

辑二

◆ 献诗

透明的露珠　　　　　　　　　065

致渭河　　　　　　　　　　　066

种果树　　　　　　　　　　　068

献诗

　　——给自己　　　　　　　069

用一生偷换一个概念　　　　　070

三十二号　　　　　　　　　　072

仿佛你又拒绝了我一次　　　　074

给津渡　　　　　　　　　　　075

给巨飞　　　　　　　　　　　077

给小葱　　　　　　　　　　　079

桑多河

　　——兼致阿信　　　　　　081

飞翔的梦　　　　　　　　082

再致渭河　　　　　　　　083

我们不是不喜欢

　　——兼致 Lily　　　　084

给 J　　　　　　　　　　085

思念　　　　　　　　　　086

窗外　　　　　　　　　　087

柳树见证　　　　　　　　088

火焰里的河流　　　　　　090

静默期　　　　　　　　　092

自白　　　　　　　　　　093

如是观　　　　　　　　　094

她来过　　　　　　　　　095

李树开花雪纷纷　　　　　097

朝圣者　　　　　　　　　099

吴垭石头村

　　——兼致 XC　　　　　100

幸福的味道　　　　　　　101

黑色的星星　　　　　　　103

回忆　　　　　　　　　　104

假如时光倒流 105

论爱情 107

百合花 109

写诗 111

没有人知道我爱你 112

我不敢直视的事物 114

河 115

桑科草原 117

我常常为一些无能为力的事物而担心 118

五竹寺 120

我拒绝在人群中谈诗 121

失败之诗 122

谒伯夷叔齐墓 124

丰收之诗 125

辑三
✦ 火车

诸王在 129

途经若尔盖 130

请别说   131

距离   132

听星星   133

一个人的天伦   134

喊山   136

火车   137

祖国不可斗量   138

老君山   140

帐篷里的歌声（组诗）   142

看海   147

观秦始皇兵马俑   148

在草坪上   149

无题   150

在田家河   151

诗人   153

衣架   154

在某地观梅花鹿有感   156

坐井观天   158

冬青   160

在图书馆   162

孤儿 164

风走过 165

午夜的电线杆 166

钉钉子 167

在闹市 169

和解之一种 170

┊ 辑四
✦ 雨落选马沟

瞬间老了 175

我见过一个从未离开过选马沟的人 176

孤独 177

猝不及防的秋天 178

雨落选马沟 180

给父亲送饭 181

门槛 183

羊倌 185

下午 186

和父亲聊天 187

我见过了太多的死亡 188

啤溜酒 189

亲爱的冰车 191

回乡偶书 192

那时候的爱很穷 194

哎哟—— 196

蚂蚁旋涡 198

过某某村 200

把一首诗选入课本 201

杀牛 203

删除比喻 205

停下的一刻 207

论烦恼 209

啄木鸟 211

犁地的父亲 213

泄洪 215

祭祀 217

生活 218

蒲公英 220

中秋，寄月亮 221

老照片 223

闯进羊群的牛犊 224

无用的事物 226

流水的一生 228

冬至 229

罪责 231

烧纸钱的男人 232

羞愧 234

南山牧歌 236

父亲节，写一首关于父亲的诗 238

新年 240

剥皮梨 241

辑一

温柔的动词

◎ 梦见父亲

最近做梦，常常梦见我的父亲

梦见他还穿着那件淡蓝色的中山服

从衣兜里一把一把往外掏土

梦见他坐在炕沿上，脸色越发黧黑

梦见他说起那边的生活，和这边没什么不同

梦见他揽着老牛的脖子与老牛头对着头

仿佛一对亲兄弟有好多话说却不知从哪里开始

梦是心相，说明我白天想过他

除此之外，再没有任何理由

能够解释如此平常又如此神秘的事

他离开我已经整整五年了

对于一个孩子来说，五年足够把记忆模糊

而对于我，说历经半生也毫不夸张

仅仅一夜之间，我从一个孩子长成了大人

又一夜之间，我步入了中年

忽然心生恐惧，总担心活到他的年纪

仍然一事无成。我知道一个人的离开

就像流星划过，只是一瞬间的事情

而活着，却要将死亡一次次经历

我想他，梦见他，因为他是我的父亲

又不仅仅因为他是我的父亲

他也是另一个老年版的我

我甚至想，我也需要一头老牛

一头从不开口的老牛

我有许多话想要诉说

而它只需要静静地听着

献诗

◎ 十月的村庄

农历十月

当果树上最后一片叶子落下来

一切，都安静了

每年的这个时节

我的祖母，都会拿着一把扫帚又一次来到树下

把那些树叶一片一片扫进背篓

为了这个家

她耗尽了青春，耗尽了中年

耗尽了一生

冬天，常常是一个死人的季节

她也是这个时节离开了我们

我害怕小时候她讲给我的鬼故事

但我从未害怕过离去的她

我始终记得她离开时是那么安详从容

仿佛屋后的果树
失去了花朵，失去了果实，失去了叶子
失去了那么多，因而看上去干干净净

◎ 温柔的动词

足足有几十人。确切地说

是几十个女人。在一个塑料搭成的

宽阔大棚内，清一色

挎着篮子，在采菌棒上的蘑菇

棚内的空气，闷热

而潮湿。仿佛暗示有暴雨

即将来临。我扫视了一遍，又

扫视了一遍。直到第三遍

我才看见，一位抬手擦汗的女人

头发灰白。她的身材

比别人小，篮子里的蘑菇

比别人少

我轻轻走上前去，轻轻地

喊了一声妈妈。她

回过了头。所有的女人

都回过了头。时间有片刻的
静止。我接过了篮子

一群母亲，接过了温柔这一动词

◎ 偶尔，你用小名唤我

阳光照在雪地上，村庄是幸福的

感受着你的气息，团圆的日子

是幸福的。虽然，偌大的四合院

只有你和我。你在厨房里剁着饺子馅儿

我在院子里劈着过年的柴火

初春的风拂过墙头的枯草

如一只宽大的手掌，不紧不慢地抚摸

偶尔，你会用浑浊的声音

轻轻唤我，但当我答应，你又告诉我

没什么事。这让我感觉知足又酸楚

你，是我唯一的亲人，我的母亲

现在，只有你还在用我的小名唤我

我猜想你一定是想在这样的日子里

多唤我几次，毕竟几天后

我们又将天各一方。我猜想

你一定在心里盘算着这样的日子

你还能承受几次，毕竟现在

只剩你和我了。而这可耻的团圆呀

从来就不会等人，也不打算将谁放过

◎ 执念

有时我感到痛苦，是因为我的执念太深

我希望父亲能活过来，站在我对面

为我重新规划一次未来

我希望母亲回到当初，没有伤病

挎上篮子走过地埂，为我们种上几行青菜

我希望我的阿黄还在，叫一声

它就会跑到我跟前用脑袋蹭我，舔我的手

我希望母鸡能再下几颗鸡蛋

舍不得吃，就拿到集市上叫卖……

我知道，这一切只能是一场久远的梦

再也不会回来。有时我走过乡间

看到满地绿油油的麦子，我也会感到伤感

这么多的麦子，没有一穗是属于我的

母亲已放弃了她的土地，躲在棉袄里

将大把大把的药片，当成了饭菜

而父亲用一生占据的那块地，夏天荒草

长出了边界。冬天无人清扫，只剩白雪皑皑

辑
一
温柔的动词

◎ 最美好的事

在选马沟，大片土地未被开垦之前

相对于田野里劳作的人

羊倌是一种很幸福的职业

把羊赶上山坡，就可以万事不管

把草帽扣在脸上躺在阴凉处睡觉

失去劳动能力后，我的伯父

成了这幸福的人之一

他不知道自己得了肝癌

更不知道有许多人

一直在为他的生命担忧

他每天的口头禅是希望就这样躺着死去

而另一个人，就远没他这么幸运

张狗子在得了脑瘤之后

化疗化没了他一身的毛发

也透支了下一代最好的年华

仿佛一个悖论，我至今还能想起

他绝望的眼神和伯父无所谓的表情

我在想，大概这世上最痛苦的事

莫过于明知要死却不能立马死去

最美好的事，不过是知道死亡终将来临

但不知道它已在你身后紧紧跟随

◎ 无题

我一直认为，只有生活在乡下的狗
才能懂得星星。它们凝望天空时
是那样一丝不苟，仿佛哲人，眼里满是深邃

我一直认为，只有挂在乡下树杈间的月亮
才配叫作月亮。它总用半边脸鸟瞰这个世界
它知道及时出现，也深谙隐藏的秘密

月亮落山就是白天，星星和熬夜的狗相拥而眠
我曾经握着一个名字辗转了许多城市
如今我将年过半百，我不得不停下来
想想初心，仿佛一辆牛车努力挣脱大雾

没有和狗一起数过星星的孩子
不能算是一个真正的乡下人
没有被月亮照耀过的瓦片，再白的霜
也不能写下你的名字

献诗

那被风带走的，是草籽和麦糠

那伴随一生的，是出生，是胎记

是半个月亮下面，狗瞅星星一天明的咒语

是你的名字刻在霜上，永不消逝

◎ 这个世界总有一些残缺近乎完美

河水流着流着突然就拐了个弯，
绕过了人们放置在水中准备渡河的石头。

风吹着吹着突然就变得急了，
树木纷纷丢下了黄叶。

两个在河中嬉戏的孩子玩着玩着突然就抱在了一起，
他们找不到了他们的衣服。

而夕阳正在坠落，
这个世界总有一些残缺近乎完美，
如刻在各处被岁月风化残缺不全的誓言，
如夕阳映照下一切破败的金色。

献诗

一位中年男子走着走着突然就忍不住哭出声来，
他的眼前是几头牛，几只羊，
016 还有一条看不见的路，通向无边的旷野。

◎ 活着，最终要用死亡完成

张铁匠死了。他直挺挺躺着

看上去非常安详。仿佛这世上再没有比死亡

更幸福的事了。他不用再跛着一条腿

使尽全力抡起铁锤

也不用再在白天接受高温的炙烤

晚上忍受寂寞和寒冷的煎熬

甚至，他连一个真正的名字

也不再需要。当人们七嘴八舌地议论

他到底叫什么的时候，遗照上的张铁匠

仿佛在发笑。仿佛在说，他

只是一个铁匠。而你们在乎的姓名身份

和一堆废铁，没什么本质的不同

有多么卑微的身份，就有多么干净的灵魂

有多少欲望，脚步就会有多沉重

锄头和镰刀最终都会因为锈蚀而被放下

而人活着，最终都要用死亡才能完成

◎ 假书

在成都，一家装修考究的茶馆里

每一间包厢都有书架

每一个书架上，都摆满了各种图书

第一次和朋友喝茶，我惊讶于这里浓厚的文化氛围

于是小心翼翼走上前去

却发现这些书都是假的，都是一些纸做的

图书模样的空壳。看着那些和书架拍照的人

我有些扫兴。朋友却哈哈大笑

"你以为，来这里喝茶的都是文化人？"

我想了想，是呀！不就是喝个茶而已

与有没有文化有什么关系呢？

图书只是茶馆的道具，我们也只是尘世的道具

谁的心里还没摆放着一个考究的书架？

在漫长的一生中，谁没读过几本假书？

◎ 总有一些事不尽如人意

你养的猪

总是比别人的瘦小还整天乱叫想要冲出圈门

请不要在意，这是因为它们健康它们饿

因为它们的肝脏里没有毒素

你种的蔬菜总是蔫了吧唧还布满虫洞

请不要灰心，这就是它们本来的样子

因为你的善良，没有让它们

被农药长期残留而长成畸形

当你提着一篮子青豆走过麦地

用脸上的忧郁感叹着收成

我从未安慰过你

我们就是这样，一年年过来的

这世上，总有一些事不尽如人意

总有一些瓜，种到地里长成了豆子

我们所能做的，就是承认这个事实
来年继续将种子种下去

因此，请原谅我没有长成你希望的样子
没能光耀门楣，让你一生看尽脸色
请原谅我写着你不懂的诗，还不让你看见
我也在种植，虽然收成屈指可数

献诗

◎ 活着

在选马沟，你曾问起我
这些年在外的生活，
我当时闪烁其词，并用了一堆
冠冕堂皇的话来搪塞。

其实，我的感觉就像是一个犯错的孩子
在面对一个大人。我怕你
窥见我的内心。一个不知所措的孩子，
除了回避你的目光，能做的真的不多。

如果你愿意相信，一个死去的人
还会行动，往返于人间。
你就会明白，现在回到故乡的人
不是你，也不是我。

就像选马沟仍然叫作选马沟，
但我们偷过的果实不可能再长回树上。

我们无法面对的，也根本不是江东父老，
而是一个看不见的词：活着。

◎ 放生石

他们放生鳄鱼

放生乌龟

放生毒蛇

仿佛放生的那一瞬间

放生者和被放生者

都得到了解脱

我没有活物可以放生

决定放生一块石头

一块石头

压在我胸口好多年了

它没有成为父亲期望的

磨盘、碌碡、石臼、石杵

更没有开出花来

成为砚台或摆件底座

摆上我的书桌

正如对自己有愧

我对它有愧

我想只有放生了

只有大地那宽阔的胸膛

才能将它的心脏焐热

◎ 散步的人

那个沿着河岸青石小路散步的人，

多么悠闲。轻柔的河风

带着浓浓的草香

让他着迷，让他有种全裸沐浴般的释然。

他太喜欢这种感觉了。不用担心走歪，

也不必每一步都踩实。退休以后，

除非下雨，每天他都要来这里走上一遍。

不够，就再走上一遍。他喜欢看

夕阳给河水铺上锦绫，落霞

蹲在穷人屋顶，点燃一炷笔直的炊烟。

他也知道，自己已经老了。只有老了的人，

才配享受这种奢侈。

他想永远这样地走下去，

他想替更多的人，加入这个谜一样的傍晚。

◎ 挣扎

有时候，感觉就要活不下去了

孤独，无助，悲哀

潮水一般瞬间将你包围

可为了那些身外事

又不得不从潮水之中

奋力挣脱出来

有一次，车子坏了，打不到车

为了见到我患病的母亲

我徒步十多公里

途中休息时，发现我踩到了一只蚰蜒

我突然忍不住流下泪来

不是因为我踩到了它

我有两只脚，在挣扎

它有那么多只脚，还是在挣扎。

◎ 打草惊蛇

你曾揍过我，用灶膛里拨草灰的烧火棍

你曾抱过我，在我哭累了将要睡着的时候

我曾多次跟着你去山中打蕨菜

你用一根棍子扫除草尖上的露水

也惊走伪装成树枝躲在暗处的毒蛇

但你并不知道有一个成语叫作打草惊蛇

那时候的蕨菜便宜极了，一斤才两毛

而我们几乎从未吃过

我只记得你总是小心翼翼，按照长短

将打来的蕨菜整好，用橡皮筋扎成把儿

然后拿到集市上卖掉。那时候的你还年轻

走路像个男人。那时候的你也没现在胖

我从没见过你大喘气。你有一根棍子

无论是烧火还是打蕨菜，你从没怕过什么

但为什么，我还是觉得你可怜

时常感到难过呢？难道仅仅是因为这两年

父亲不在了吗？当我整夜失眠

没来由想哭的时候，母亲，你知道吗
我多想你就在身边，用你粗糙的双手抱抱我
当你偶尔在电话中说起村子里的家长里短
说起某某家的不孝子孙，母亲
你知道吗，你又一次拿起棍子打草惊蛇了
你打的是别人，惊的是我

◎ 距离

我曾陪一位失去了妻子的朋友

喝酒到天亮。我们坐在冷暖之间

冷的是夜，是窗外风雪的刀子

暖的是酒，烧胃，烧心，顺便

点燃了曾经。我没有说出一句安慰的话

我只看见他像一只刺猬，埋下头

身子越缩越紧。我曾陪一位

被男友抛弃的女子逛完了一条街

每到一处，她都会不厌其烦地告诉我

这是他带她来过的地方，并准确地说出

来过的日期。她要了我的肩膀

却并没有依靠。她说我是个好人

却并没有祝福。那是一个特别的黄昏

小县城的灯光亮得特别早

让周围的一切，提前进入黑暗之中

我慢慢地向前走，不知道走了多久

我看见一颗颗星星紧挨着

中间的距离，仿佛这世上每一个

需要安慰却又不得不小心翼翼的人

献诗

◎ 独白或宿命

我曾不止一次对人说过：我已别无所求。

但这并不代表我放下了所有。

一个陷入回忆的人，

总是掰着手指数日子。

我虽刚步入中年，但常常感到力不从心。

我怕某些誓言一一应验，

一觉醒来，再也认不出镜子中的自己。

而那些梨花、杏花、野樱桃花

纸钱一样，胡乱地飞着。

亲爱的，我真的惧怕这样的场面，

一个人孤独得像一支队伍，为自己哭丧，

为自己送葬，奏安魂曲。

多么悲伤！一颗装着你的心

躲过了世俗的流言，却没有赶在生命的前头。

◎ 钥匙

无数次进出的房门

今天，钥匙忽然断在了锁孔中

我不知道这是它自己的选择

还是因为我用力过猛

一把钥匙，就这么拧断了自己

留下我，攥着断掉的半截

愣在原地出神。自小到大

我曾拥有过好多把钥匙

不曾拥有过钥匙的人

应该不会明白这种痛楚

一把钥匙，它有着金刚不坏之躯

它在锁孔里转动的声音是清亮的

这种清亮让人放心

让你从不会想到有一天

它也会

断在锁孔中

钥匙有被折断的命运

人世有无法打开的窄门

◎ 羞愧

在一首诗里，

我曾写下这样的句子：

"在新年来临前，用雪

堆一个父亲。"

这个句子让我羞愧。

我至今仍没有学会怎样给一个雪人

注入灵魂。就像

我曾见过的那些蝴蝶的标本

它们很美。甚至

比它们活着时还要美，

只是它们的翅膀

再也承受不了任何阻力，

你无论如何

再也不可能将它们放飞。

我的父亲很普通。普通到

在葬礼上，

献诗

也没有人哭一声。

这大概也是我想要的结果——

他没有让更多人痛苦，

像一只蝴蝶，在成为标本的那一刻，

就卸下了所有的承重。

◎ 老屋

父亲走后，母亲的身体也迅速垮了，
再也种不动地，只好在县城边上
找了一个洗碗的活，勉强维持生计。

老屋因此空了下来。无人居住的老屋
就像一只再也不能孕育生命的胎盘
在风吹雨淋中，一天天沦陷。

隔个把月，我们也会回去看一看，
清除一下房前屋后疯长的杂草
打开房门，让里外的空气得到置换。

但这终究阻止不了它的衰败。
去年夏天的一个下午，接到邻居电话，
厨房的上顶掉了下来。

是拆呢，还是修呢？

拆吧，以后回不来了。修吧，又没什么大用。

一时间，我和母亲都陷入了两难。

就像一只再也不能孕育生命的胎盘，

恍惚中我看到有一把剪刀，

正费力地将它和带着血迹的脐带一刀两断……

◎ 和母亲一起睡觉

这是我懂事以来三十多年间，
第一次和母亲一起睡觉。

炕显得逼仄。母亲还睡在她原来的位置，
而我睡的位置，是父亲的。

这是父亲去世后的第一个春节，
因为害怕，我和母亲睡在了一起。

这期间，我一直都没有睡着，
这期间，母亲时不时用手推一下我。

父亲生前有打鼾的毛病，
母亲一定把我当成了父亲。

我竭力地配合着，时不时翻一下身子，
直到母亲忽然惊醒，我摁亮了灯。

我第一次看见了母亲的身子，

仿佛两只空空的衣兜，因为害羞而长满了褶皱。

◎ 忘忧草

只听名字，就让人心生欢喜

多么好！它温暖，诗意，仿佛仙侠剧里

入口即愈的疗伤圣药，让人渴望活着

如果这世上真的有这样一种草

可以让人忘掉一切过往忧伤

人间是否就会少了很多痛苦绝望？

那些夙夜忧叹不能寐的人

是否就能安然入睡直到自然醒？

那些非正常离开的人

是否会活过来，在阳光下引吭高歌？

像一只断了线的风筝一样，放飞自我

这样想着，你顺手摘了一朵

有些释然，也有些怅然

释然的是忧伤似乎真减少了一些

怅然的是忧伤减轻了

为何还是没有得到预想中的快乐

◎ 沉默的原因

我曾在一块麦地边，

捉住了一只受伤的野鸡，

因为它美丽的羽毛，我最终放了它。

我曾在半夜偷过邻居家的番瓜，

因为第一次见到橙色的花纹，

我将它放置在我的窗台，直至我长大。

那是饥肠辘辘的年代，

前途无比光明，眼下只有番薯。

每每回想起那些因为节约粮食

而搁置太久以致发芽缩水浑身长满绿芽的土豆，

我的胃就一阵痉挛。

它们拯救了我，我放过了它们。

现在，看着满桌不用亲自动手
就色香味俱全的美食，我的故事，
打动不了年轻的一代。

我吃饭，总是风卷残云，
喝酒，总是一滴不剩。

仿佛一个买椟还珠的人，空碗和酒瓶
总是整齐地摆放在我的手中。

◎ 积雪松动泥土

最后一块年肉在铁锅里炖着

小狗守在一边，尾巴不停摇着

母亲坐在一条帆布单子上

翻拣一袋豌豆种子

父亲在擦犁铧上的铁锈

偶尔抬起头，望一望远处

远处有什么？远处

有我们世代耕种的希望

有无论年丰年歉

一家人相濡以沫的幸福

现在，幸福的阳光正照着广袤的田野

笼屉一样的地里气浪蒸腾着

仿佛一场大雾

那是一冬的积雪在松动泥土

◎ 修理时间的人

他一生修理过无数表，胸表、怀表、钟表、腕表，

经他修理过的表，都会变得毫秒不差，

十里八乡的人，无不夸他手艺精湛。

有次回家经过镇子，我看见他坐在他家门墩上，

拿一支梅花改刀，修理一块电话手表，

可是他无论如何努力，都无法打开那表盘。

我这才记起，自我见过他

已经十年有余。

而且听人说，他前年得了阿尔茨海默症。

这大概是他唯一没修理过的表了，

他不知道，修理这种表，

人们需要去的是通信公司的门店。

献诗

看着他认真的样子，我没有打断他。

他一生都在为别人修理时间，

而现在，这时间属于他。

你看，他的手腕在翻动，

没有了以往电池和发条的加持，

匆忙的世界在他手中，终于变得散漫而弛缓。

◎ 顺着河流行走

顺着河流行走，我跟在母亲身后。

二月的河水夹杂着一块块

消融的浮冰，帆船一样向下游漂流。

顺着河流行走，刚刚发芽的款冬花

蜷缩在两岸潮湿的泥土里，

憨胖憨胖的。头顶的那一抹绯红鲜艳欲滴，

像在诉说春天的娇羞。

顺着河流行走，我渐渐远离了母亲。

挖款冬花时，我不小心弄断了一条蚯蚓。

我学着母亲为自己止血的样子

搓细了一把泥土，轻轻敷住了它的伤口。

顺着河流行走，母亲回头时，春天

已漫过了上游。母亲看着我满身满手的泥土，

第一次没有打我，她看着我，

像从未认识我一样，呆立了好久。

顺着河流行走，河流已经干涸。母亲，
已经白头。我走在荒草丛生的河滩上，
像一条断了的蚯蚓奋力爬向命运两边，
我分不清，哪是身前哪是身后。

◎ 在古城堡上望天空

站在古城堡上望天空，天空明显大了很多
一些星星散发的光芒，甚至照亮了山外的角落

而城堡之下，是我依靠步行从未走出过的小镇
和星星相呼应又形成鲜明对比的，是万家灯火

多年来，我一直生活在这座小镇
在霓虹的闪光里，我从未见过星星怎样升起

这里有着最幽深的巷子，和所有的外来户一样
在这里走夜路，像是摸着石头过河

而今夜，我看到了不一样的天空
星星把它的光芒伸向了山外的芸芸众生

多么好，在山外我未知的世界里，星星在爬坡
一个在地图上寻找远方的人，忧伤是温暖和安静的

◎ 人到中年

我在三楼的宿舍午睡

一楼，是接种疫苗的孩子们嘈杂的声音

他们在狭窄的走廊间哭闹，嬉戏

仿佛一池塘聒噪的青蛙

要将躲在云层里的月亮唤醒

我肯定睡不着，但也不会起床

多少年了，我就是聆听着这种声音

开始午睡的

我越来越喜欢这种声音

无论是嬉笑、啼哭，都是真实的

他们像树一样成长，每一圈年轮都发自内心

◎ 犁铧

一把犁铧，静静悬挂于储物间的墙上，
已六年有余。猩红的铁锈
布满它的全身，仿佛即将要去世的父亲，
随时都有一碰就碎的可能。

记事起，我就喜欢黏在父亲后面，
看父亲犁地。犁铧所过之处，
泥土一片片翻开，感觉就像我坐在课桌后面，
将一本全新的书，一页页翻开。

犁铧越犁越明亮，越犁越锋利，
而父亲则越走越慢，越来越老。
我从未想过有一天父亲也会老去，
就像我从未想过有一天，我会离开这片土地。

献诗

父亲去世已六年了，而犁铧还静静悬挂着。
仿佛一位老兵，战功赫赫却又伤病缠身。

我从未动过它。但我相信，如果将它插入泥土，
它还是会锋利如初，如同去世之前秋风中的父亲。

◎ 踢着一块石头回家

忽然很想

像从前那样，

踢着一块石头回家。

家是那个闭着眼睛都能找到的家，

石头是马路上任意一块石头。

人到中年，我不再害怕孤独，

所有悲喜我已都能安然承受。

我只是不习惯偶尔深夜回家，

乳白色的路灯照得柏油路面一片漆黑，

几枚悄悄掉下的黄叶，

也被勤劳的环卫阿姨扫走。

献诗

◎ 火烧眉毛的事情

一个人一旦洞悉了活着的秘密，

就会对一切都漠不关心，也包括他自己。

一群无聊的孩子围着他，

问他这世间有没有火烧眉毛的事情，

他并不回答，只是咧开嘴笑。

这让孩子们越发好奇，对他寸步不离。

让我也倒退三十年，变成一个孩子吧，

没有经历过的人不知道死心。

就让我跟着他，就像跟着一堆灰烬，

我不停地吹，灰不断地飞。

最后的火星，面对着眉毛，

就像两个相爱却老死不相往来的人。

◎ 不惑

一个人活过了一半的生命，

就像一棵树，拥有了可以做屋檩的年轮，

柔韧，抗压，

招致喜鹊，也招来大风。

我是一个活过了一半生命的人。

我常常陷入回忆，也常常想象以后的种种。

我在想，站在我这样一个位置，你们谁是锯子？

我能否以突然倒下的方式走完余下的行程？

多年来，我战战兢兢，只想做一个好儿子，

好丈夫，好父亲。现在我终于得偿所愿。

至于我写过的诗，就不要让他们看到，

我悟到了语言的秘密，终究爬不过自身的峰岭。

献诗

◎ 二愣

人群中有人喊二愣，我条件反射般回头，

看见一个和我一样油腻的中年男人，

拍了拍另一个中年男人的肩膀，之后

相互揽着隐入了人群。我有些恍惚。

二愣，一个多么熟悉又无限陌生的名字，

它或许应该来自一个叫选马沟的小小村庄，

一个篱笆围成的院子。也或许来自一场游戏，

一次小伙伴们善良的恶作剧。但我是何时

把它弄丢的？十岁？十五岁？或者更晚？

我只知道，曾经，我在梦中苦苦挣扎，

只为不再成为那个总跟在老牛身后的傻子，

我只知道，再也没有人这样喊过我了。

这是初秋的天气，街上并无多少行人，

田野间的草木半青不黄，仿佛我

正处于一个尴尬的年龄。我在心底

喊了两遍二愣，出于虚荣，我竟没敢答应。

但我多么希望有人能这么喊我一声，

仿佛在喊一条土狗。我多么希望，

一个踩着磨盘捋着牛尾巴的傻孩子

正向我走来，他眼里有憧憬，脚上有泥泞。

◎ 犟板筋①

他的真名叫什么已没人知道。据老人们讲，

他是外来户。具体来自哪里，

也已成谜。村里人只知道他家三代以内

是饱读诗书。这让他在这个几乎

全是文盲的村里，显得非常与众不同。

他走路板正，即便除草，也将腰板挺得笔直。

他曾经在给田鼠设置陷阱时，将竹箭箭头朝上，

以致成为全村人的笑柄。但他从不会

向人解释，也从不会像他人一样

将灾荒说成天命。他曾被村民推举

在村小当过三年教书先生，却因故

被赶出了校门。他曾在部分村民的恶作剧下

当了三年半村长，因为太过死板不懂变通，

被仅有的两个富人捉弄。而现在，

他老了。老了的他终于开始被村民怀念，

他的犟，也成了他的执着和刚正的象征

因而，出现在了孩子们的作文本中。但他对这一切

从不关心，似乎别人说的是一个

与他毫无关系的局外人。他仍然自顾自走路，

每一步，都不会乱了方寸。他仍然

乐于清贫，一年四季穿着一套中山服，

露着泛白的袖口和衣领。有一次我回老家，

看见他正坐在自家麦场边上

靠着草垛晒太阳。阳光照着他半眯的眼睛

树影在他身上留下斑驳的印痕。有一瞬，

我忽然觉得他多么像一位迟暮的英雄啊！

那么让人肃然起敬，又那么让人感到同情……

注：①犟板筋，甘肃定西一带方言，意为缺心眼、一根筋。

献诗

◎ 我见过母亲最美的样子

挑担的货郎，他的货箱里面

有好多好东西，每一样

我都想拥有。可那时的我们

穷得只剩下自己的影子

影子一样的我，紧紧跟在他的身后

可我真的想拥有。那个傍晚

母亲强行拽回了不愿回家的我

母亲搂着我，直到我哭累了

呼呼睡着。而母亲就那样搂着我

静静地，在炕上坐了整整一宿

我见过母亲最美的样子

是她二十多岁，留着一头长发的时候

她有两条长长的麻花辫子，跑起来

两个辫结就像两只飞舞的蝴蝶

可那夜之后，她的辫子没有了

辑一

温柔的动词

那夜之后，我得到了一支塑料小号
那是世界上最嘹亮的小号
我至今仍清晰记得小伙伴们羡慕的眼神
我吹着它，吹走了我的童年、少年
和青年，也吹来了母亲的一夜白头

其实，我根本不懂音乐，那支小号
也早已消失在看不见的时间的背后
但我见过母亲最美的样子
她永远只有二十多岁。她搂着我
辫子像岁月，轻轻抚过了我的额头

◎ 目送

我曾在不同时间段，目送过一个人远行。

我发现，清晨和黄昏是一样的，

朝阳和夕阳的颜色也是一样的。

而所谓方向，其实就是没有方向。

一个人被不断浓缩，最终成为一个黑点，

消失于阳光背后，看不见的地方。

我想到了很多词：

孤独、辽阔、神、远方、天堂……

它们串联起了这虚幻的人间，

像针线，一次次串联起破损的渔网。

如果一个人的一生，就是不断经历分别的过程，

那么你是否愿意，总做那个守在原地的人？

风来了，带走了温暖；秋天来了，

带走了花香。而我相信，我们生来

就是没有故乡的人。带走得越多，

留下的就越多。我愿意将你认作故乡，

就这样一直站在黑暗中看着你，

看朝夕交替，生命不可抵达，

看你背着我越积越厚的忧伤，四处流浪。

辑二

献诗

◎ 透明的露珠

这是一个平常的早晨。

和所有的早晨一样，我沿着林边小径，

躲过了所有晨练的人们。

就在即将与公路接壤的地方，

一株牛蒡伸出了它阔大的叶子。

我这才看见，它的掌心

捧着一颗透明的露珠。

我有些惊讶。走过无数遍的路，

今日才发现它的美好之处。

这必然是这个早晨最后的露珠了，

晶莹，剔透，藏着内心的大海，

而且过不了多久它就会消失。

我想，我终于明白了牛蒡拦住我的深深用意，

世间的爱不一定都是苦的，

有时候，它也是一场浪漫的赴死。

辑
二

献
诗

065

◎ 致渭河

两岸影影绰绰的灯光，多像一场梦境啊！

多像一个醉酒的人，踩着一地星辰，

走在南辕北辙的途中。几棵百年的倒柳树，

披散着满头妩媚的长发，正在将夜色

轻轻撩动。晚风习习，水拍河堤，

那些萌动的红男绿女们，正在上演或即将上演

一场又一场初相遇。今夜，我是否就是那个

前朝落魄的填词人？我喝了些酒，

略有醉意，无意间来到了这里。

来到这里，一切都已远去，一切

都已不值一提。当下的人做着远古的梦，

远古的风景模糊了当下的人。

今夜，我要写一首最长的情诗给渭河，

给我的四十年来家国三十年来河东。

我知道，人生总有酒醒的一日，

如同这古老的渭河，总有上涨的一瞬。

但愿那一日，我不是独自前来为自己饯行，

献诗

但愿我还能握着一个人的手,

说人生就是一场度劫,此生再无遗恨。

◎ 种果树

如果一生只能做一件事

我就去种一棵果树

不刻意限制它的高度，能长多高就长多高

不刻意授粉让它硕果累累，能结几颗就结几颗

至于那些花儿，想开的就让它开吧

不想开的，也随意

我不刻意追求田园牧歌的生活

我还不能将世间的一切看破

多年来我一直在等一个女孩

她有一颗玻璃心，她喜欢吃有虫洞的水果

◎ 献诗

——给自己

爱上花儿，是因为它终将枯萎；

爱上果实，是因为它上面的虫洞；

爱上春天，是因为它在严寒中苏醒；

爱上远方，是因为自己的故步自封

…………

人生很短，我的爱和你们不同，

有时，我甚至会爱上自己，

因为失败，因为曾付出的艰辛。

这艰辛必然是无人知晓的，

因此，在人间

我必须要给自己最大的同情。

◎ 用一生偷换一个概念

盖一座四合院，木制结构的那种，远离城市；

开辟一片园子种上青菜，虫吃剩的熬粥；

养一只土狗拴在门前，用我的小名为它命名；

捞一篮星星晒在天上，最亮的那颗放在你的枕边。

人都有老去的那一刻，亲爱的，

你也知道，我们同样不能避免。

所以，我准备趁还年轻做一些事，

为我们的后半生做好铺垫。

还记得我曾讲给你听的那个故事吗？

我最初就是一个农民，我用一生躲避泥泞，

到头来呼唤我的，还是来自灵魂深处抹不去的

"暗码"，一根麻绳，系上一只有裂纹的陶罐。

所以亲爱的，你不用惊讶，我在用一生

偷换一个概念。我在用市民换回农民，用山盟海誓

换回平平淡淡的爱情，用歧路换回平坦，

用一份宁静的苍老，换回我们的相看两不厌。

◎ 三十二号

我的一生都在手撕日历上记事

偶尔也在上面写诗

记录的事件，都被我一页页撕掉

扔进了垃圾桶。写的诗

没有被谁记住一个字

一年很快就过完了

一本日历，最后只剩下一张封面

仿佛平白无故，多出来了一日

这一日，我把它称作三十二号

它不在时间之内，却也不在世界之外

我将一年来最后的心愿

记在上面。我将一年的

最后一首诗，写在上面

多么好，这多出来的一日

仿佛现实之外的另一个世界

所有的愿望都在这里一一实现

获得了最完美的样子

我愿意在这一天向你许下承诺

永远爱你。就像这多出来的一页白纸

它不对应具体时间

它只有开始，没有结束

◎ 仿佛你又拒绝了我一次

在这个小镇生活了多年

除了正常的婚丧嫁娶

从来就没发生过什么大事

我想这也是好的

在这里，花儿缓慢开放

果实和女孩缓慢成熟

闲暇之余，我们可以抽烟、喝茶

对着空无一人的街道发呆

街道是去年新修的

比以前拓宽了不止一米

人行道上撒满了农作物的种子

黄昏的时候，我喜欢走在人行道上

以此来对抗一成不变的生活

我喜欢频频回首，每停下一次

就仿佛你又拒绝了我一次

◎ 给津渡

如果你是李白，我也不敢自称杜甫

在上海，在兰州，你一个人饮下那么多酒

喝倒了那么多人，我不知道

你会不会有一丝众人皆醉我独醒的孤独

我酒量不好，也没有茅屋被秋风所破

我只有一院破旧的土坯房

被风雪

一年年反复扑打

你告诉我，到了我这个年纪

就要静下心来，好好写点文字

我记住了，但随即就想忘了

这么多年，我没有找到存在感，我的诗也是

但我明白你的用心。你我因文字结缘

期望走得更远。但我常常需要在物质与精神之间

找到一种平衡，就像要在醉与醒之间

把握好分寸

因此，我理解爱，也理解辜负

理解在西固街头你要走的那一幕——

像孩子一样，人群中你给了我一个拥抱

仿佛有许多话，你已经亲口说出

◎ 给巨飞

告诉你：我已剪掉了一头长发，

也缝好了

所有牛仔裤的破洞。

我已活过了四处凑热闹的年龄。

我曾经年轻，荷尔蒙爆棚，

一个人也能喝醉，一个人

也能对着无边夜色

吼上一宿，仿佛台下有万千听众。

而现在，人到中年，我更偏爱独处，

更愿意享受

独属于自己的那片宁静。

茶少许。酒少许。

白云少许。月色少许。

但如果你来了，我还是

会拼尽全力，和你共谋一醉。

就像老孔雀开屏

不为吸引异性，只是表达一种心情——

阳关道上，平直宽阔，无故人，

渭城曲下，余音袅袅，意难平。

◎ 给小葱

其实，也没什么可说的。生活，

像一只需要不断推动的磨盘，

已耗尽了我所有的气力。但又不得不继续

蒙上眼睛。你知道的，近四十年，

我一直走的是苦情路线。

我总是让溪水断流，让树木长歪了脖子，

让道路曲折泥泞，铺满鸡屎、羊屎、牛屎，

让庄稼歉收，人们一夜白头，

让孩子留守，让老人空巢，独自走进大风。

我一直怀疑，我对这片土地是有罪的，

我的写作是有罪的。这也是我们

总是谈到房子、车子、票子，而不谈诗歌

的原因。不过话说回来，这样做个俗人挺好的，

谈谈这些挺好的。理想属于更年轻的人。

怀才不遇者服下自制的毒药，然后用一生，

寻求解药，而无解。在成都，在东营

你曾试图用整晚，寻找属于自己的那颗星

而无所对证。最后，只能祝我们
友谊长存。但我们都相信，张丹、巨飞
是另外的星星。这就够了。我早就想通了，
既然诗歌无用，忏悔也无法得到救赎
余下的时间，就让我们浑浑噩噩，就让我们
尽情挥霍。大笑，或者泪雨滂沱。
不为爱，不为恨，不为该死的磨盘，
只为那些说不清道不明的，什么和什么。

献
诗

◎ 桑多河

——兼致阿信

这里，的确是佛居住的地方，

那么广袤的美仁大草原，

也只有佛的脚步，方可丈量。

你多次写到的桑多河，

我听到了。它巨大的涛声如同郎木寺的洪钟，

穿越了西倾山，日夜回响。

那夜，我喝醉了。我就在梦里

聆听着这涛声，把自己

想象成了一个虔诚跪拜的藏人。

我想，大道至简就是这样吧！

在离佛最近的地方，所有人都没有秘密，

像一只羊，把自己裸露在草原之上。

◎ 飞翔的梦

自小到大，我做过很多飞翔的梦，

每一次，我都站在比上次更高的地方，

飞向更广阔的天空。

飞翔是人类痼疾，因为不会飞，

即便是在梦里，也没有人

不曾幻想过拥有一双翅膀。

而这次不一样，这一次

我站在了中年的悬崖顶上，

我的两边都是深渊，我的两耳皆是风声。

我渴望有个人推我一把，又害怕

有个人推我一把。慌乱中

我跳了下去。慌乱中，我忘了将翅膀挥动……

◎ 再致渭河

不能再枯瘦了。尽管这里是上游，

尽管史书已写得满满当当，

没有一个角落，可以容得下一条支流。

来这里的人，大多是要怀古的。

我也一样。不过，我不是来寻找遗失的基因——

先民们的足迹。我只想看看

当年当归、黄芪马铃薯养大的人们，

现在的这片薄土，

能否依然满足他们，开过眼界的胃口。

这不是无中生有。你看，河床中央

筑起的一道道拦河坝，

正在将大禹疏导过的水流迅速抬高，

作为一种文明和精神的象征——

渭河，你只能不朽！

◎ 我们不是不喜欢

——兼致 Lily

我们不是不喜欢平坦的大道，

但走路时，

我们还是习惯性地走在命运的边缘。

我们不是不喜欢快乐，

但我们固执地记住悲伤，

是希望在避无可避时，

能够离得稍微远那么一点点。

其实写到这里，就已经写不下去了。

大道理人人都懂，

大道理勒住你的咽喉，勒出一生的哮喘。

一只蚂蚁生来就只为重复一件事——

被一粒饭粒，紧紧追赶。

献诗

◎ 给 J

老鼠有终生生长的牙齿，

它有时候

撕咬柜子、沙发、桌子、椅子，并非因为饥饿。

我有不断滋生的欲望，我有时候

不合时宜地将一句话反复写下又删除，

并非不想让伤口愈合。

我曾见过一只老鼠，因为误食了

一粒拌了鼠药的蚕豆而腹部鼓胀七窍流血

死在离家不远的地方——洞门口。

亲爱的，我好想让你也看看这个画面：

当所有人都指着它说，它活该并不断赶走来偷腥的猫时，

没有人告诉我，它可能也是心甘情愿的。

◎ 思念

一年中总有几个夜晚

是需要感情泛滥、倾注思念的

比如中秋，比如重阳，比如除夕

谁无可思念之人，谁就没有故乡

谁酒醉之后不哭不闹，还能端端正正走回家中

谁就孤独得像天上的月亮

我不孤独，却常常一个人回家

因为我早已不胜酒力

因为我怕我的思念太重了

会影响到母亲的偏头疼

和院子里某人亲手栽下的月季

◎ 窗外

是什么时候开始，我学会了放下，
不再对自己的缺陷耿耿于怀？

窗外，火车还在为送别的人发出阵阵刺耳的悲鸣，
夜晚的大幕却悄悄擦亮了天上的星星。

曾经年轻，面对面的相互送别，
可以持续整整一个晚上。

现在想来，这都是一瞬间的事情。我坐在火车上
只为经历一次南辕北辙的旅行。

窗外繁花似锦却又好似什么都没有。
没有送别的人，一切不过是一场梦。

所谓放下，也不过是该放下了。
尘世清冷，在最该安静的地方，往往充斥着鼎沸的人声。

◎ 柳树见证

柳树抽芽的时候，我准备去一趟小溪边，
折一根柳枝，用它的皮，做一支唢呐。
我要既做乐工又做新郎，
柳树见证，我要迎娶一段往事。

这是我们反复彩排过的游戏，
虽然时隔多年，还应该不会太过生疏。
我要吹得足够响，让两岸的星星花，款冬花，
不知名的小黄花，全听见。

小草啊！翻过年就是你的四十年，关于我们的
那些从前，你可曾都一一记住？

流水冲宽了河堤，荒草淹没了墓碑，
这些年，人们的期望我不敢有丝毫偏离，
只在绝望的时候，心里才会为你
挤出一块树荫大小的位置。

那些伤心的，就不必再说了。

你看，这么多年，孩子们还是那么天真，

还在玩着我们玩过的游戏。而溪流日夜奔涌向前，

仍旧没有超越，岸边那些从不移动的柳树。

◎ 火焰里的河流

耳畔不时响起哗啦哗啦的流水声，
仿佛有人将排水管，安在了我的头顶。

可这里的河面早已结冰。就在昨天
山顶还降下了一场大雪。

清晨母亲打来了电话，告诉我她炖了排骨，
嘱我去乡下吃饭。

难道这水声
是母亲一个电话带过来的？

母亲所在的乡下离县城不远，
最典型的标识是一柱高大的烟囱。

母亲说，她再没见过如此孤独的烟囱，
一年四季冒着白烟。

母亲已经老了，患了幻听
时常会听到一些我们无法捕捉的声音。

有好几次天降大雨，
她听到烟囱里火焰在熊熊燃烧。

一整条河流自上而下，火车一样轰鸣着，
穿过了火焰，穿过了整柱烟囱。

◎ 静默期

在那些渴望出去又害怕出去的日子里，
我再次拿起了那本诗集。
不得不承认，我被其中的一首诗
深深打动了。在这首诗里，
描述的场景是我熟悉的，描述的人
是我熟悉的。甚至连部分对话
也是我曾说过的。唯一不同的是
这件事发生在二十多年前。
我缓缓合上书本走出卧室，来到了房间的
玻璃窗前，我敲了敲窗上的玻璃，
没有发出木格子窗户的那种回声。
风，像一支低沉却极具穿透力的牛角喇叭，
声音一浪一浪漫过了冬日的河堤。
我有些怅然，过了二十多年我才明白，
为何我写下的故乡总是落后闭塞
却又纯净美丽。因为雨打窗棂声声入梦，
一个趴在窗格子前望月亮的农家女子，
渴望走出去又害怕走出去……

◎ 自白

我写诗，但我不是诗人，

我没有诗人胸怀天下的雄心。

在父母眼里，我是不孝子；

在同事眼里，我是异类；

在同乡眼里，我是选马沟的叛徒。

但我想说，写诗的人，

也可以很普通。

我安于现状，因为没有通天的能力，

我处世圆滑，不得不借用选马沟的地名。

◎ 如是观

渺小的事物总是扛着巨大的

蚂蚁扛着大自身很多倍的食物

小草顶起千年顽石

西西弗斯

托举着整个西方世界的寓言

云承载着铺天盖地的雨

而人类能够承受的

完全取决于外部世界的压力

压力有多大，人的脊梁就有多硬

所以人类会卑躬屈膝

那是因为只有把头埋进泥土

才能背负起整个天空

献诗

◎ 她来过

我们坐在院子里，喝茶，聊天
阳光照着青瓦上的苔藓
和苔藓上的草，树影斑驳

之后，她走了。我去送她
顺便送了送
墙头上几只偷听的麻雀

很奇怪。回来的路上
我总觉得丢失了些什么
是她带走了什么吗？

多年前我写的幼稚的诗还在
没有寄出去的信，还在
甚至，无数次做过的梦，还在

阳光渐渐西斜。树影渐渐西斜

我在院子里转圈

和过去的自己，不断重叠

忽然间我明白，她带走了故事的结尾

留下开头，如同树砍倒了

树影却迟迟不肯走，突兀地站着

献诗

◎ 李树开花雪纷纷

当我对一件事充满绝对好奇的时候，
正是李花不顾一切盛开的时候。

我不明白，为什么昨天还看似光秃秃的枝头，
只隔了一夜，忽然就整棵树都白了。

我不明白，这种白色的花，为什么开在四月，
它是否更该开在冬天银装素裹的鬓角？

我承认，那时的我，对一切一无所知，
包括它并不算长的花期，以及加速衰败的初衷。

那时，我们常常待在李子树下面，
捡拾那些花瓣，再用力将它们扬到空中。

好一场大雪啊！想下多久，我们就让它下多久，
时间离开了指针，纸鸢离开了线。

那时的她还没有辍学，外出，嫁作人妇，

总是跟在我的屁股后面，问我亲一下会不会怀孕。

◎ **朝圣者**

在去甘南的路上，那些磕长头的藏人

他们合十的双手仿佛一座庙宇

填满了祈祷和救赎

他们站起又趴直，趴直又站起

仿佛世间的一切罪恶和苦难

都会在他们的一起一伏间

从大化小，从小化无，永远消失

这些无比虔诚的尘埃

朝阳为他们送来过清亮亮的露水

明月为他们照亮过草丛深处的茫茫歌吟

日复一日，年复一年

他们就这样挪动着，像经文里的一个符号

"像一个灵魂，等着我去依附"

◎ 吴垭石头村

——兼致 XC

从未见过纯粹用石块砌成的房子，

从未见过能听懂人言向游客回头的羊。

但当我写出来，一切仿佛都是假的，

包括：眼前的整座村子。

古朴就是她的新潮，

幽静是她向世界张开的双臂。

一座与外界格格不入的桃源，

置身其中，仿佛与自己分别了几个世纪。

两个古铜色皮肤的汉子，

背靠大树在一张条形的石桌上吃晚餐，

和他们对视的一刹那，我有些恍惚，

仿佛那两个人一个是我，另一个是你。

◎ 幸福的味道

大约十年前，我还保持着傍晚散步的习惯。

每次从租的房走到小镇街角，

总会遇到一对中年夫妇，

在镇中心小学对门的一家蔬菜店前，

买菜。我至今不知道他们的身份，

也从未刻意去打听。

我只知道，

他们总是穿着一套与时髦无关，

甚至洗得有些泛白的衣服，但找不到一丝褶皱。

总是买一些相对便宜的蔬菜，

但却从不挑拣。偶尔换喝一瓶纯净水，

满足就能荡漾在嘴角。

他们的世界里没有旁人，总是手牵着手，

脸上洋溢着笑容，仿佛第一次走在这条街道。

十年了。我有些怀念他们，甚至

有些羡慕他们。一件便宜衣服

穿在他们身上总是那么合身，

一瓶纯净水，总能喝出幸福的味道。

献
诗

◎ 黑色的星星

这不是一个隐喻，
这是几个放学回家
走在崎岖蜿蜒的
盘山小路上的孩子。

他们让你难过，
他们让你欣慰。
他们在你陷入沉思时，
连成一个个星座。

不要去打听他们的下落，
星星总在天亮前回家。
不要为它们感到落寞，
天黑前，他们会穿过最后的山坡。

◎ 回忆

我们的结婚纪念照，

还躺在我的手机相册里。

我把它设置成了隐私，

因为我再也不敢打开它。

我怕看见他。看见他那清澈的眼神，

看见他那年轻自信的笑容。

但这不是重点。重点是

对面的他看见了一个自己曾经最反感的人。

人为什么总会陷入回忆？

因为青春易逝，因为纯真难寻。

一个相信爱情，相信世间一切美好的人，

真的不该和多年后的自己狭路相逢。

献诗

◎ 假如时光倒流

想你的时候，我能明显感觉到，

窗外的花儿，

正一毫米一毫米绽开。

这感觉像是那一年，

你一步一步离去，

花瓣尾随着你，落满了一地。

我常常想，假如时光倒流，

你能否一步一步退回，

花瓣能否重新跃上枝头？

我一个人在这里太久了，

我没有春天，已经太久了。

花儿已经盛开，春天从未到来。

十四岁的你走失在那年春天里，

你带走了整个春天，

从此我的世界里没有四季，只有大雪覆盖。

献诗

◎ 论爱情

相见不如怀念。而怀念
很大可能只是为了有生之年还能相见。

人世有诸多悖论，
众生皆不能避免。

一个一生都无法释怀的人，
一定是揣着某种偏见。

因此，因爱生恨者有之，
爱恨交加者，有之。

那些释怀的人，要么没爱过，
要么，早已绝望了。

而我更倾向于后一种——
相对于露珠，

一棵草在彻底枯萎之前，

必承受了太多晶莹的震颤。

献诗

◎ 百合花

昨天还娇艳欲滴的花儿

今天已掉了三枚花瓣

不出两日

它将只剩下一枝光秃秃的枝干

记得我中学时暗恋过的

漂亮的英语老师最喜欢百合花

她的情人每年都会送她好多百合

而当她枯萎得比百合还快时

就再也没有人送过她哪怕一朵

她说,这世间最致命的问题是

一朵花和一个女人谁漂亮

其实,赞美其中一个

另一个就有了答案

所以她一直都没忘记

那些花儿是怎样羞辱了她

今天偶尔想起这些

其实,也没什么特别的意思

触景生情的事谁都有过

人生苦短，即便漂亮如英语老师

不停恋爱

也不能阻止她长出更多白发

献诗

◎ 写诗

扎西在一首诗里说："我悲哀地发现

我只会写作。"第一次读到这句话时，我惶恐。

再次读到时，我莫名释然。

是的，这不也正是我目前真实的处境？

多年来只会码一种叫作诗的东西，

将一些词变得模棱两可。

亲人们不懂我，我从不怪他们。也或者

我压根就没想过让他们懂。

我只在我的诗里写下对他们的爱

尽管我知道很多时候我不配。

但真正配的人又在哪里？

爱一旦说出，就会变得可疑。

这正如写诗的悲哀，

明知表达的无用和不确定，却总身不由己。

◎ 没有人知道我爱你

清晨，第一缕阳光照上我窗子的时候，
也正好照着你的窗子。我知道
你正在梳妆。你有一面小小的镜子，
一朵花儿顶着露珠，正在羞涩绽放。

午后，你拿着新到的快递走过村口的小石桥，
河岸的风吹着你的碎花连衣裙，
这时的你是从壁画中走出的女子，优雅，端庄
一群蝴蝶，追逐着花香。

夜晚，群星璀璨。你的灯光呼应着月色。
你坐在灯下看书，一朵花儿
吸收着水分。她将在黎明吐出露珠，
她是安静的，和夜晚一样，有着等待的漫长。

有谁知道我的悲伤？一朵花儿正值花期，
一位老园丁只能站在栅栏外面。他有一个故事

无人倾听，每天从花朵旁默默走过，

我有一节柔肠，只能在夜晚翻出，见不得阳光。

◎ 我不敢直视的事物

自小到大，我不敢直视的事物

除了生离死别的哭泣，屠宰厂上的杀戮

黑夜里晃动的影子，多足的毛毛虫

以及挂在屋檐下，背上爬满了小蜘蛛的母蜘蛛

还有万里碧空中，光芒万丈的太阳

它照亮了世间万物，却将我的眼睛灼伤

我小时候有一次，和小伙伴比赛直视太阳

结果他们都捂住了眼睛，只有我

瞬间陷入失明。但也因此，

我收获了一个小伙伴，近十年的友情

只是后来，她走了。随她的父母

去了一个我没听过的城市。

我偶尔会想起她，想起她太阳一样

明亮的眼睛。我也曾多次直视过太阳

直至我一天天长大，内心越来越平静

现在我的眼睛一见到强光就会流泪

我知道，我亵渎了太阳，太阳神

取走了我的远方，将短浅植入了我的眼睛

◎ 河

一夜暴雨之后，河水浑浊，
如你患有白内障的眼窝。

你一辈子都没离开过这条河，
你一辈子都在河边洗衣服，饮牲口。

一场大旱之后，河水干涸，
如你越来越深陷的眼窝。

你一辈子都没跨过这条河，
你一辈子都不知道河对岸有什么。

你是逃荒到此被收留的孩子，
你在咬着一块土豆时被变成了人妇。

一辈子何其短啊，一辈子何其长！
没有人会想着要将一天重复一辈子。

河水暴涨时，你是一株水草，一再压低身子，

河水干涸时，你是一块石头，在河床中裸露。

因为身世，他们践踏着你的尊严，

因为贞洁，他们歌颂着你的痛苦。

◎ 桑科草原

一直以来，我对景色都不太敏感，

许多地方走过也就走了，

如同走夜路，要是有人问起沿途

我大概只会让人失望地说：月亮，星星。

但我记住了桑科草原。不是因为风景，

也不因为它曾经的历史。

而是因为一匹马，在广袤的草原上

静静矗立着，不吃草

也不走动。即便大风掀起了它红褐色的鬃毛，

也不能让它从沉思中惊醒。

一匹没有缰绳，拥有吃不完的草的马，

一匹拥有整个草原的马，

在那个夏天的傍晚，孤独地矗立着，

仿佛一具历史的躯壳，

让多年后的我有种灵魂出窍，想去依附的冲动。

◎ 我常常为一些无能为力的事物而担心

比如阳台上即将凋谢的花儿，

比如大风之中忽然走失的雨滴，

比如越拔越多的白发，

比如风湿的关节开始预报天气，

比如没有内容寄向虚无的书信，

比如来不及后悔就时过境迁的往昔，

比如越来越短的睡眠，

比如游离于睡梦之外的身躯……

我担心曾经担心的全都变成了现实，

又担心曾经担心的不会变成现实。

我担心你是那块儿天，

永远高高在上，坍塌遥遥无期。

献诗

我担心我是那个杞人，

总是身不由己……

◎ 五竹寺

迎门的是三清，
紧挨着的崖边是诸佛。

传说中七百多年前来此避难的建文帝，
是怀着怎样的心情，
才将五棵不同颜色的竹子，
一一种活。

而今，漫山遍野的针叶松
已将这里变成了风景区。
除了南来北往的风，再也没有谁
还在打听建文帝的下落。

被村民推举到这里当住持的老柴夫，
每给三清上一炷香，就给诸佛
磕一个头。他有最朴素的信仰
往返于佛、道之间，两边都不耽搁。

◎ 我拒绝在人群中谈诗

人到中年，

我拒绝在人群中谈诗。

其实，不光拒绝谈诗，

很多事，我都拒绝提及。比如：

父亲没有推平的那块麦地，

母亲没有纳完的那只鞋底，

哥哥没有放飞的那只风筝，

姐姐没有穿上的那件嫁衣

…………

虚无缥缈的远方里，

我至今没有落到实处的文字。

就像诗歌拒绝解释，

因为说不清，

每一次的悲从中来，皆如初次。

◎ 失败之诗

有人在微信群发了条消息：

今年写诗过千首。

能感觉到，所有人都有些惊讶。

他随即解释：今年已步入花甲，

想趁着身体还算硬朗，多写一些，

如果允许，多写两年。

很显然，这并不是大家所期待的答案。

但是，所有人都表示了认同。

是啊！没有人不想在有生之年

多做些什么，而事实是，我们能做的

何其少。我感觉他的这句回答，

胜过了他所有的诗篇。

一个人终其一生，只做了一件

失败的事，他也知道自己是失败的，

但他固执地做了。

他切中了所有人的痛点：

多年后人们会记住他，并凭借着他

献诗

将一生的失败翻出来，

默默地，在心中再经历一遍。

◎ 谒伯夷叔齐墓

巍峨的山脚下，两座孤坟
郁郁葱葱，长满了我认识和不认识的杂草
当代人立的石碑上
篆文分别雕刻着你们的姓名

走上前，虔诚地向你们敬一炷香
刚要起身的瞬间，听见几个中学生
在谈论：两座土堆，实在不值得来
身后买门票的老者龅着牙
发出了农人特有的，憨厚的笑声

是的，两座土堆，实在算不得什么风景
它比不上大自然的鬼斧神工
不王又怎样，耻食周粟，采薇首阳又如何
我从小就将你们的事迹烂熟于胸
可历史终将被遗忘啊，有些故事
之所以流传，或许是因为现实里再难发生

献诗

◎ 丰收之诗

一年时光已经过半，我坐在

十八楼的阳台前，写一首丰收的诗

我写田野阔远一片金黄

熟透的果实如婴儿呱呱坠地

一捆捆麦子赶集一样被运上麦场

十六开的作文本里，农民伯伯

又一次眉开眼笑，孩子们搓着沾满泥巴

的小手，鬓角飘来野花的清香

可写着写着，我就写不下去了

几位老人，像迷失在田野里的星星

孩子们随大人进了城

玻璃窗前偶尔闪过囚徒一样的脸庞

原来不是这样啊！原来无论年丰年歉

田野里总有很多人忙碌的身影

蛐蛐在鸣叫，麻雀在惊飞

来不及收割的庄稼地里

总有一两只贪吃的牛羊

忽然就想起多年前，我尚年轻

还不曾蜷缩在县城一角躲难躲债躲人情

不曾为我何时能够丰收而黯然神伤

有人写下誓言，要做祖国的栋梁

有人贩卖情怀，终于跌落神坛

后来不知流落何方。有人从广州回来过一次

路过已改成合作社的村小

看见了我题在墙上还没有被覆盖的诗

托人送了我一副良药：

远志、枣仁、白芷、当归各一钱

辅以开窍醒神之物，可治失眠、健忘……

献诗

辑三

火车

◎ 诸王在

在这个月黑风高的夜晚，我要温上一壶烈酒，

然后飞上城楼，看一看我的河山。

瞧，这里的一切都是我的：峰峦如幕，苍茫如蛊。

而四周寂寞笼罩的，全是我胸怀天下的悲悯啊，

仿佛埋伏着十万神兵。只是，

一想到我还是个没有敌人的人，我就感到无比伤心。

◎ 途经若尔盖

三个多小时的车程　沿途尽是平地一望无垠

草不高刚好遮住心跳

白云放牧着白云　羊群簇拥着羊群

间或有几只离群独处的

也不影响牧羊人的歌声

只有一两个磕长头的藏人　胸脯紧贴大地

大概他们太像是谁无意间抖落的灰尘

慈悲的佛　并没有扶起他们

献诗

◎ 请别说

春风催开了所有的叶子，

春雪催落了刚刚成形的果实。

两个孩子在不同的地方

许下同一个愿望，

但长大的青梅已不再是青梅，不能用来煮酒，

竹马被人牵着，走向了地平线。

没有一辆列车从来不晚点，

没有一个童话值得一生反复研读。

春天如此多情，春天又如此残忍，

只有皱纹的年轮在一层层加深。

所以，请别说，什么都不要说，

你所相信的就是我所期许的。

美好值得永远珍藏，

美好如自欺，它存在于心底，

存在于每一个自圆其说的过程之中。

◎ 距离

从家到单位，这是你曾以为的
最近的距离。而现在
很长时间你才能来一次。
阳台上的那些花儿，
因为缺水，叶子已经枯黄了很久，
浇水作为理想，成为你一生
为之努力的事。
事实上你喜欢花儿
却并不养花。你眼前只有很久以前
叫的外卖，它们不开花。
养花的事，你只在梦中完成。
事实上，你没有家。
一个人租的房子它不是家，
它隔着母亲的唠叨
和父亲的咳嗽声。
事实上，你从来就没来过这里，
来过这里的，是一扇门，在猫眼里，
你的躯壳，看见过你的灵魂。

◎ 听星星

夜晚很静。静到听得到

星星说话的声音。

星星就像一群胆小而调皮的孩子，

在等着月亮老师，

——为他们解答疑问。

他们好奇的事实在太多了，

多得

月亮老师已经站上了讲台，

他们还在交头接耳，说个不停。

有好多次，我都想听听

他们到底在说些什么，

可我每一次醒来，

都发现窗外东方微晞，

一米八的床板上，我早已长大成人。

◎ 一个人的天伦

有时，你会站在十八楼的阳台前

发呆似的，看小区的孩子们

在楼下相互追逐嬉戏

那一刻，你感到满足

人到中年，生活趋于寡淡

只有这些孩子们稚嫩而单纯的笑声

让你尚觉人间值得

让你觉得这是上天以另一种方式

为你安排的天伦之乐

就像此时，几个年轻的朋友还在客厅

谈论着各自的孩子如何顽皮

只有你一言不发

心里却有数不清的孩子笑着跑过

他们游戏的花样又翻新了不少

那个多年前藏得太深

而被其他小伙伴们放弃寻找的孩子

等了太久只好自己走了出来

献诗

他举手投足都有你当年的样子

仿佛多年前他就已经站在了命运的中年

等着自己慢慢长大直至突然成熟

◎ 喊山

最初是村子最里头的那个孩子

在喊。接着，第二个孩子加入了，

他们两个一起喊。

接着是第三个、第四个……

他们依次喊着下一个孩子的名字，

越来越多的孩子加入了他们的队伍。

在盘山的羊肠小道上，

他们的喊声越来越大，越来越响亮

大山深处那些想要上学的崖娃娃，

也跟着他们

喊得越来越大声，越来越响亮。

我急切地想要加入进去，天亮了，

大山，已经被喊醒了。

我揉了揉蒙眬的眼睛，没看到牛羊

也没看到地里劳作的人。

我试着喊了一声其中一个小伙伴的名字，

窗外的大山在沉默，

钢筋水泥的高墙，没有回声。

◎ 火车

那一年，在新修建的县城火车站，

我等一个人从远方归来。

时候渐近年关，应该还有一场厚厚的积雪。

我一个人，在冰冷的火车站

固执地等一个人归来。虽然我不知道

她会何时，从什么地方归来。

我仔细聆听着每一趟火车驶来的声音，

眼睛一眨不眨地，挨个扫过每一个

从出站口走出的人。

后来，我逐渐熟悉了火车在轨道行驶的隆隆声

和刺耳的尖叫声。我不知道如何比喻，

在和自己多年的对峙中，

我只觉得，时刻都有一列火车

从我的身体里穿行而过，

时而悲鸣，时而尖叫。我作为不断被路过的

火车站，在寂静中不停地喧嚣。

◎ 祖国不可斗量

这些年，我去过一些地方

坐过火车、高铁，也搭乘过飞机

每次出行，我都觉得离祖国又近了一些

尤其在万米高空，云层之上俯瞰

我都觉得我摸到了全部的祖国

兴奋，同时伴随着一丝紧张

但每次到达之后，仿佛突然之间

从梦中跌回现实，我为自己的眼界

还是只能看到一小块地方而黯然神伤

祖国有多辽阔，我就有多失落

而现在，我不再执着于全部的祖国

我注定只是一只长不出翅膀的

小小蚂蚁，爬在地球仪上

我会告诉我那一辈子没走出过县城的母亲

我替她看到了祖国，那是一种信仰

献诗

仿佛大海一样没有边际

你仍然可以想念，但绝对不可斗量

◎ 老君山

松柏中夹杂着几棵白杨

翠绿中点缀着几簇金黄

十月的老君山，在云雾里时隐时现

不可近观，只能远望

拾级而上的人，走着走着

就走进了幻境之中

回望来时路

青石边上嵌着的

除了毛茸茸的苔藓

还有几根柔软的松针

老君山啊！几只灰喜鹊掠过了尘世

在林海中，漾起了一圈圈细小的波纹

一枚落叶的拈花指

不经意间，叩响了天外的铜钟

而我在哪里？

这些年，我走在由远及近的钟声里

时而慷慨，时而消沉

慷慨时，我摸一摸大地的轮廓

消沉时，我养几盆平凡的植物

想几个平凡得不能再平凡的人

◎ 帐篷里的歌声（组诗）

冰煮羊肉

一口铜制的暖锅里

红褐色的羔羊肉块躺在透明的冰块中间

随着木炭火慢慢加热

隐约能听到冰块融化的呲呲声

乳白色的雾气围着暖锅在一圈圈蔓延

大约二十分钟后

锅完全沸腾了

老板娘掀开锅盖熟练地掠去浮沫

什么都不用加，只一撮盐

啧啧！肉嫩，汤鲜

含在嘴里，让人不忍心往下咽

"太美了！"

津渡一边紧紧攥着汤碗

一边不停地赞叹着

这个身材微胖的南方汉子

这个心思细腻的诗人

我能明白他内心的幸福

那是百忙之中偷得的半日闲

那是最嫩的羔羊肉加上塞外大粒的盐

去胡杨林的路上

一望无际的戈壁滩上

突然惊现几棵红柳

朋友急忙一脚刹车

我们像圈了一夜急于觅食的羊群

一个个紧跟着跳下车来

最后下车的小伙子跑得最快

也是他最先发现

这里竟然还藏着一条溪流

只是谁也找不到源头

此时正是正午

阳光无遮无拦地倾泻下来

照得沙丘一片苍白

紧挨着的两只沙丘

仿佛大地的两只乳房

让我们坚信源头就在这里

它能分泌足够的乳汁养活整个戈壁

即便是我们在这里站得久了

也会像红柳一样发出芽来

金塔胡杨林

深秋，胡杨树的叶子

在熊熊燃烧

叶子下面，分布着大大小小的蓝色湖泊

湖泊里面，是更加盛大的火焰

一块一块的天空倒映在湖泊中

仿佛燃烧后的旷野

"生机静静萌动"

我忽然想起那个关于胡杨树的传说

和一个叫胡杨的诗人

他们都选择扎根在这荒漠之中
或许是为了一个千年的夙愿
也或许仅仅是因为这里大音希声

嘉峪关

登上城楼
不觉就有了一种悲壮和威严

那悲壮来自城楼之外的人喊马嘶
那威严来自至今仍完好无损的每一块城砖

一口黑乎乎的大炮静静待在城楼之上
炮口依旧瞄准着天边

我不敢上前触碰，我怕炮口太滚烫了
一不小心，把我带进历史的尘烟

在尘烟里，我不再有苟活的窃喜
只有深深的深深的负罪感

帐篷里的歌声

听过祝酒歌

但从没被美女唱着敬过酒

在这荒凉的塞上

在这阔大的圆形帐篷里

当两个裕固族美女端着酒杯走近的一刹那

我已经醉了

虽然我听不懂她们在唱什么

但我确定，那就是天籁

那么好吧，今夜，就让我做一个可耻的俘虏

一杯接一杯，喝到不省人事为止

◎ 看海

下午两点，大海蓝得让人有想跳下去的冲动，

几艘渔船在海面上游弋，几只鸥鸟

时不时钻进海里，倏忽又像春天雨后的嫩芽一样，

探出水面。海浪不停拍打着礁石，

发出的声音喧嚣又无比孤寂。

我知道，这里是养马岛，我的身边再无他人。

我坐在一块礁石上面，静静地看着眼前的大海，

浩瀚，深情，无边无际，像一个人

不顾一切奔赴的全部意义。

我在一块礁石上面坐了很久，直到把自己

也坐成了一块礁石，楔子一样，楔进大海里。

◎ 观秦始皇兵马俑

如此多的兵俑

代表着一个王朝

曾经的兴盛

而现在

他们更像是挤在火车皮内

肩负伟大使命的民工

我站在栏杆外面

只是个把火车越赶越远的人

◎ 在草坪上

让天空更加蔚蓝的，只能是白云，
让草地更加碧绿的，只能是羊群。

天地辽阔，万物寂静，
一坨牛粪举着一朵盛放的野花，
仿佛神，托举着整个苍生。

◎ 无题

从前我写诗，总喜欢在夜晚

把门窗关得严严实实

然后想象

眼前有一辆威风凛凛的战车

但我并不知道这战车长什么样子

更不知道它用什么动力驱动

但一想到它可能会穿越未来

我的心中就激动不已

现在，我写诗，依然喜欢在夜晚

但战车不知去了什么地方

我想抒情，却变成了叹息

这无用的情感，总是附着在虚无之上

献诗

◎ 在田家河

从未想过，有一天
我还会回到这里。

从未想过，这里竟然没多大改变。
除了河岸两边的房屋换了新颜，
除了当年的村花，变成了一棵经霜的卷心菜
没了往日的笑容。

造化弄人啊！二十年了，
这里曾是我一心想要逃离的地方，
现在，却感觉到了故乡的亲切。

当我走在熟悉的街道上，
看着那些认识和不认识的人，

我竟然像从未离开过一样，有些心痛：
曾经的少年已人到中年，

曾经的土地依然杂草丛生，

只不过耕种的，从他们换成了他们。

献
诗

◎ 诗人

每天我都要做的一件事是

提醒自己，写下去。

这种感觉真让人崩溃——

盯着电脑屏幕，脑海里却蹦不出一个字。

前两天参加一个作代会，

某三流大学分校的一位教授

披散着一头长发，说他是个不写诗的

过气的诗人。我想笑，最终

却有些感伤。这句话十年前他就说过，

他应该忘了，当年说这句话时

对面毕恭毕敬端着酒杯敬酒的人

就是我。我俩相视而笑，然后

各自礼貌地离开。这是一个平常的下午，

没有人知道我俩的心照不宣。

他因为诗人的身份获得了应有的掌声，

我第一次因为没有人认出我

并称呼我为诗人而感到一丝侥幸。

◎ 衣架

朋友在圈里发了一条消息，

三张照片配一段话。

照片里的她很美。美到什么程度？

我只能用一颗饱满多汁的樱桃来形容。

那段话我们也都看到了，

她把所有人都当成了朋友。

但我想，她也不是想让所有人都看到，

她只是想让某个人看到。

我忽然有一点难过。一名中年女人

在固执地垂钓着她的爱情。只是

钩，太直了。我评论："祝你找到那个疼你爱你的人。"

随即又删了，这话说出来太假了。生在世上

我们都曾渴望用一生

厮守一个疼爱自己的男人或女人，无奈

我们在拼尽全力时，很多人

弄丢了自身。我有一个开服装店的朋友，

她弄丢了她的男人。她说人

无非是行走的模特，无论外表多么光鲜，

也只是一具衣架而已，

一具衣架，不能奢求拥有灵魂。

◎ 在某地观梅花鹿有感

人工饲养的鹿群已经不再认生

追着一批又一批游客

索要玉米粉做成的麻秆糖

游客也对这样的投喂乐此不疲

不断有麻秆糖塞进铁丝网的缝隙

只有一只被锯掉了鹿角的公鹿

顶着两个黑洞洞的疤痕

独自卧在离鹿群十米开外的远处

仿佛对这一切已不再关心

我猜想它对这个世界是失望的

也或者对我们这群人类充满了同情

一只失去了鹿角的公鹿

已不再具备吸引异性的可能

而依靠鹿角得到的欢乐

如同望梅止渴一样又能持久几分？

它仍然活着，因为幼鹿那么可爱

它必须看着它们长大长高

献诗

或许，这就是它愿意终其一生

不畏疼痛奋力长出鹿茸的原因

◎ 坐井观天

从前有一只青蛙，和所有的

青蛙一样，

没有谁怀疑过它的前程远大。

但有一天，不知是自己

突然发蒙还是

有什么神秘的力量在背后推了它一下，

它跳进了

一口井里。自此，

它再也没见到过外面的大千世界，

哪怕一只蚂蚁，一株小草。

久而久之，

它忘了自己曾经拥有过整个池塘。

它认为青蛙生来就不是两栖动物

献诗

就该活在水里，

它认为天空，本来就只有井口那么大。

从前我嘲笑过这只青蛙，

后来，我用这只青蛙

嘲笑过身边人。但我不知道

我从何时变成了这只青蛙，

当我意识到这一点时，

我跳跃和攀爬的能力，已经退化。

◎ 冬青

并不是只在冬天才青翠。叫它冬青
是因为它在冬天依旧青翠。除此而外，
它还象征着一种高洁的品质：
坚韧不拔，朴素正直，热爱生命。

我有时从它旁边经过，发现它并未明显长高，
有时将隔夜的茶水浇在根部，它并未因此
而表现出兴奋。后来我摸清了它的品性：
不需要经常浇水，对肥料的需求也几近于无。

一株冬青，长在我的心中
已经好几年了。从朋友处第一次见到它时
我就喜欢上了它，简单，质朴，
没有那么多粗枝大叶，像极了一个乡下孩子。

可我始终没能拥有一盆冬青。不是因为它太贵，
而是我没有一所像样的院落。我始终认为，

它最适合长在乡下的残砖断瓦间，而这座城市

一如我工业化的肺，淤积了太多无法排出的尼古丁。

◎ 在图书馆

随便拿了本书

找了个靠近墙角的位置坐下

没有问候，没有争吵

只有哗啦哗啦的翻书声

只有一束阳光

慢悠悠顺着窗口挪进来

古朴，柔和，温润

我慢慢翻开书

尽量压低能触发的各种声音

多么好，在这座小县城

最浮躁的中心

居然能有这么一小块空间

仿佛在一大片白色的盐粒间

藏着一颗蓝色的泪

事实是当我走出图书馆

我就已经忘记了看过的内容

但我记住了这个下午

一群虔诚的求知者

仿佛高温下的一小片阴凉

在这座人人都恨不得

拥有分身术的小县城里

让我这个虚伪的消极避世之人

获得了片刻

久违的安静

◎ 孤儿

"我们都是孤儿。"从养老院出来

往回走的路上，他一直这样想，

"只不过，有些是天生的，

有的，是经过长时间的煎熬，自己一步步

慢慢活成的。"

但很明显，他这次的伤感

和上次从儿童福利院出来时的伤感

截然不同。上一次，他一直想着

怎样融入社会，而这次，他想的是

怎样凭空消失，远离人群。

"太孤独了！"一座养老院

其本质还是一所孤儿院，

无非是孤独不断叠加的过程。

众多的孤独，最终组成了一个个小国家。

区别只在于在这个国家里，

很多人洞悉了太多秘密，以至于

除了上帝，再也没有人敢来认领他们。

◎ 风走过

风走得久了，也会累。

也会停下来，歇一歇。风，

和人一样，空旷平坦的路上，

会走得快一些，爬坡或翻越障碍的时候，

会慢一些。有一次，风大概走了太多路，

在一片不大的林子边的空地上，

停下来歇气，一头牛

突然从林子里走出来，撞在了它身上，

带动了整片林子，沙沙作响。

一群麻雀扑棱棱飞起，让一个

乡村少年，第一次看到了懵懂的远方。

风，也有老的时候。有一次，

我看见风抱着一大撮灰尘，

像一艘笨重的木船，在旷野间

慢腾腾地拨动着船桨。

一个老妪裹挟在灰尘中，越来越小，

直至消失……

老了的风，尽显苍茫。

◎ 午夜的电线杆

没有人聊天，只好随意停下来，

坐在你的身旁。

月光真是皎洁啊，月影

像一汪大海，隐隐浮动群山。

这样的夜晚，适合做得太多，

又好像什么都不适合。

我听说内心越是坚硬的人，

影子会拖得越长。

兄弟，你在这里很多年了吧？

我有很多话想要跟你说，

但又不知说些什么。

我听说越是孤独的人

越喜欢称兄道弟，兄弟，

沉默作为答案，我是你的过客。

◎ 钉钉子

一只手做好固定，一只手握紧铁锤，
一下，两下，三下……
一枚钉子，被我缓缓钉进墙内，
接着是第二枚。

当钉到第三枚的时候，
或许是我固定的那只手有稍许松动，
也或许是水泥的墙面太过坚硬，
钉子一个侧滑，
在墙面划出一道火星，
掉在地上。
硕大的铁锤，
也瞬间吻上了我的手指。

……我有些泄气。我知道
我这是遭遇了钉子与墙面的双重拒绝。
就像人到中年的我，

有时世界会嫌弃我的力不从心，

有时，我也想逃避这个世界。

但，真能逃得开吗？

歇了一会儿，我又再次拿起铁锤，

将先前的那枚钉子按在墙上，

狠狠地，钉了进去。

献诗

◎ 在闹市

忽然觉着自己就是正被赶去屠宰的羊群中的某一只，
瘦弱，矮小，还一直在埋怨跟不上大部队的脚步。

◎ 和解之一种

我不吃甜食。不是因为我血糖高。

活过了四十岁，除了骨质

有些退行性改变外，一切指标

还算正常。我不吃甜食，仅仅是因为

我想让苦在我的心里身体里

停留得更久一些。苦有很多种，不吃甜食

是其中的一种。就像刚才

我服下了一把止疼药，它们很苦，

但它们让我记得，我有一些不为人知的痛，

也让我感觉吃下它们，一切还有可能。

现在，我逐一为药瓶盖上瓶盖，

拧紧。苦不能一次性吃完，

苦要一点一点吃，才能慢慢回甘。

我将它们一一放回原处，

仔细打量着它们。打量着这些程度不同的苦。

有些怅然，也有些释然。

我知道，在以后漫长的岁月里，

我会越来越

依赖它们，并在和它们不断地和解中，

走完我在别人眼中无比坚强的一生。

辑四
雨落选马沟

◎ 瞬间老了

在选马沟，一个牙牙学语的孩子

指着我喊："爷爷，爷爷！"

我能怎么样呢？在我还小的时候

年届不惑的人当上祖父

不是什么稀奇的事情

何况这就是我出生和成长的地方

我熟悉这里，就像我熟悉麦子的八枚叶片

在梦里，它的第七枚，不止一次

将我的手指割伤。这种逃也逃不脱的

绝望，就如同孩子喊你爷爷

你既不能答应，又不能不答应

孩子那么纯真，让拒绝显得残忍

你只觉得自己还一事无成，却瞬间老了

◎ 我见过一个从未离开过选马沟的人

在选马沟，我曾拥有过一些法力

我曾用哭声准确预测了一位老人的死亡

也曾用一根树枝，改变了一条小溪的流向

我确信，这里的人们并不迷信

一个牙牙学语的孩子

本身就具备通神的能力

只是除了死人，没有谁能够拒绝长大、变老

没有人能够阻止自己从神变成人

我曾想，要是我没有一天天变得平庸

我是否就能永远留在选马沟

而不是继续着永远无法预知的行程

我见过一个从未离开过选马沟的人

他长大后成了一个傻子

我见过许多在外流浪的人

他们虔诚的样子，让我误以为他们都是选马沟的人

◎ 孤独

一个七八岁的孩子，

独自在院子里玩老鹰捉小鸡。

他一会儿是老鹰，一会儿是小鸡。

当小鸡时，他的脚步有些笨拙，

当老鹰时，他的翅膀明显稚嫩。

一下午的时光如倾斜的树影，

不知不觉就晃过去了。

我不是那个从田间归来的大人，

我是那个孩子。这么多年，

我始终捉不住自己，

常常不由从梦里惊醒。

◎ 猝不及防的秋天

今年的秋天的确是背着我偷偷来到的，
当我刚刚意识到它的来到时
已过了霜降时节，
满地的落叶被一场大风赶着，
仿佛一群受惊的羊一步跨过了小石桥，
没头没脑，涌上了这个偏僻小镇的每一条街道。

其实想想，也挺正常。
我不辨季节，已经很久了，
不过是秋天又要溜走了，急着催生一场大雪，
像是一场凌乱，要接受另一场凌乱的检阅。

就像现在，我刚步入秋天的心境里
听着窗外风吹动落叶的声音，想着多年前
你面无悲喜离开时的心情，
秋天已经要溜走了。

秋天就要溜走了，我只能循着以前的足迹，

在心底里跟着落叶走一段路。

不为什么，该逝去的

总要逝去。我只想再看看落叶对根的情意，

顺便看看在一场大风里，落叶是怎样的身不由己。

◎ 雨落选马沟

总是如此，仿佛一支摇滚乐队，

自我十七岁离家来到这里，

二十多年间，它总以一道闪电开始，

自索爷林上方腾空而起，越过秀峰山，

在老家屋顶上演一曲十面埋伏。

仿佛对一件明知定局的事

心存侥幸，每次我都会给母亲打电话，

问询庄稼的长势和收成，小河的水

是否又一次漫过了门前的河堤。

但这次不同，这一次，

我拿着电话，却不知打给谁。

六十多岁的母亲，去县城务工

已有三月。县城的活计无关乎庄稼只关乎工时，

"上工期间不能接打电话"，

母亲攥着她的圣旨，如同我

攥着一串盲音，如同此刻，突然发生的

位移。我有些无措，暴雨在经过时，

突然卡在了秀峰山顶。

献诗

◎ 给父亲送饭

牛在地埂边上吃草，你蹲在耕牛旁边吃饭。

我蹲在你旁边，静静地看着你吃饭。

我从未想过有一天，因为盛饭器具的原因，

你的吃相会被我用一个词形容：残忍。

一大盆饭，你三扒拉两扒拉

就全吞了下去。之后你卷了根旱烟点燃，

重新驾上牛，继续犁地。

秋阳似下山的猛虎，晒得树叶打卷儿，

也让收割后的麦茬显得更加锋利。

蛐蛐不顾命的叫声

在为它最后的辉煌画上句号。

你单手扶犁，每一步都无比稳健，

每一步都仿佛提前经过了无数次练习，

或者你生来就是如此，也不会随着岁月老去。

我装好了饭盆、筷子，却并不想离开。

你吃饭的样子，犁地时一丝不苟的样子，

都让我着迷。

一个吃相无比残忍的人，扶着犁时

竟会显得如此之美。

我静静看着你犁黑了天犁完了整块地，

看着残忍与美，就这样在矛盾中完成了统一。

献诗

◎ 门槛

混了半生，终于有了一套属于自己的
按揭房，搬进去的第一天
我领着母亲进入电梯，进入房间，
她用心打量着每一件家具，
沧桑的脸上，掩盖不住难言的欣喜。

她慢慢地在每一间房里转着，
慢慢摩挲着每一格柜子，每一块窗帘，
直到她来到阳台前，

突然，她一个趔趄——
险些摔倒。我赶忙上前扶住了她。
半小时后，她的脸上才渐渐有了血色。

母亲再也没来过我的房间。
每次来县城，她都等在小区门口。
之后就是程式化的陪她买药，买日用品，

最后，陪她吃一碗她最爱吃的烩面。

其实，我并不知道母亲恐高，

就连她自己，也不知道。

这么多年，她在乡下割草、拾柴、挖野药，

多高的山她都爬过，

多深的沟她都去过。

而现在，十八层的距离，

成了横在我们之间，难以逾越的门槛。

我们都不知道如何才能跨过，

她恐高，我，不胜寒。

献诗

◎ 羊倌

山顶上，那个把头埋在斗笠里，

坐在石头上一动不动的男人，

是一位羊倌。

他放牧着一整座村庄的羊群，也放牧着

前世和今生的白云。

他多年如一日，总是泥塑一样

坐着，在同一块石头上，貌似睡着，

他的羊鞭，也很久没有再响过。

但他心里很清楚，哪一只羊

钻进了哪一片林子，哪一簇草丛。

在羊群里，他是绝对的王，

每一只羊，都必须听从他的号令。

我有时想掀起他的斗笠，

感受一下他不可冒犯的威严，

但又怕从他的脸上，看到一位父亲。

我有时想化身一只调皮的小羊，

体验一次他的无为而治，

但又怕做羊做久了，不想返回人类。

◎ 下午

日子慵懒。倒垂的柳树上飞着昆虫

她的丈夫去了南方。许诺要为她带来幸福

没有人知道她也只是个小女人

她有妩媚的脸。漂亮。像耀眼的伤

她有宽敞的院落，几只土豆在沐浴阳光

献诗

◎ 和父亲聊天

其实，你知道我要说什么

我也知道你要说什么

但我们都不说话

都在等对方先开口

我坐在一把旧木椅上

你坐在炕沿上

太阳从窗口照进来

形成光柱

一些灰尘泛着光胡乱地飞舞

一丝光照在你脸上

让你看起来格外沧桑

◎ 我见过了太多的死亡

这么多年，我的生活轨迹简单：

单位、租住的房、家。我的写作简单：

我的出生地选马沟、我生活的小镇

以及我偶尔去过的一些地方

因为范围狭窄，我常常有种与世隔绝的感觉

我想有一天，和所有人一样

我也会死在这里。如同一只再无庄稼可碾的

碌碡，无声无息。如同终于完成了

一种仪式。说不上好，也说不上不好

但为什么心里总觉着还有一丝不甘呢？

我想，这大概是因为时间太过匆忙

我见过太多的死亡，悲伤大多不超过三天。

我见过太多的相聚，喜悦大多不超过一个晚上

◎ 啤溜酒

在村头那棵歪脖子柳树下

我五岁的侄儿，向我夸耀他们家丰盛的年：

有鸡鸭鱼肉，有白酒，有红酒

还有啤溜酒。啤溜酒？对于这种

我从未听说过的酒，我瞬间感到好奇

却无法怀疑。他说得斩钉截铁。

还好，我堂兄及时出现，解除了我的疑虑

原来他所谓的啤溜酒，是指葡萄酒

但我还是记住了这个名字，甚至觉得

这世上真有一种酒，就叫作啤溜酒

它是人间至味，只有有缘人才能喝到

而喝到的人，或返老还童，或长生不老

后来，我将这件事讲给我五岁的儿子听

可显然，他对这个故事毫无兴趣

这让我有种非常无助的感觉

没有人会理解，一位父亲

在听到孩子一脸认真说错话时的心情

我生活的年代已不是现在的年代

我的侄儿也早已忘记了这件小事

而今他已顺利从小学毕业，按照村里习俗

如果学习不好，就即将长大成人

献诗

◎ 亲爱的冰车

在选马沟，我曾拥有过一辆冰车

有几年时间，一到冬天

我就用两根自行车辐条做成的钳子

掌握方向，在冰面上快速滑行

这是我一生中最快乐的时光

没有谁知道，一个孩子

正想要超越自己的梦想。有一次

我越滑越快，感觉自己就要飞起来了

可突然，我身下一沉，冰面破裂

我掉进了一个冰窟窿。害怕父母责罚

那一夜，我带着我亲爱的冰车

躲进了一个山洞。等到父母和村里人

找到我时，我已经在饥寒交迫中

呼呼入睡。而我亲爱的冰车

就靠在我身旁，上面结了一层薄冰

◎ 回乡偶书

这几年春节，我都会回到乡下

儿时的玩伴陆续而来

有几个已经顶上了灰发

酒过三巡，他们开始谈论收成

毫不隐晦地恭维一个弃农从商的人

我通常会不知所措

这就是他们渴望已久的生活

也是我的祖祖辈辈们渴望的生活

而对现在的我来说，却那么陌生

陌生得如同一个

似曾相识却叫不出名字的人

其实，这些年在外面，我也有乡愁

我的乡愁是小时候滑过的冰车

是溪畔的野花和青草，蹁跹的蝴蝶

是上学路上分食的一块糖和撕下的糖纸

是一头牛，瞳孔里的白云

被蓝天的画布染成了希望的颜色

......

我知道，这些年我从未真正回到过故乡

故乡是越来越厚的隔膜

就仿佛在一场大火里烧土豆

外面的皮全焦了，里面的瓤还生着

◎ 那时候的爱很穷

那一年，我和母亲去山上打蕨菜

那时候山上有很多蕨菜

很快，我和母亲就打满了

背篓和竹篮

往回走时

天空忽然下起了暴雨

跑往山下的途中

我不小心滑倒

从山上滚了下来

母亲顾不上解下背篓

直接顺着我摔倒的方向

老鹰扑食一样跳了下来

山坡上撒落的全是又鲜又嫩的蕨菜

那时候的我们很穷

根本吃不起蕨菜，只能背到就近的集市

一斤两毛钱贱卖

那时候的爱也很穷

亲人之间除了生命

再也没有什么能拿得出来

◎ 哎哟——

最近，时不时听见父亲的一声呻吟，

在我吃饭的时候，睡觉的时候，

甚至紧张工作的时候，一声呻吟

拖着长长的尾音，在我的耳畔突然响起。

仿佛有一个人在我的身体里

悬挂了一顶铜钟，任由岁月的重锤

狠狠敲击。我知道，我还远没有

活到父亲的年纪，生活虽然不尽如人意，

但好在身体还算健康，余下的债

我有足够的时间来慢慢偿还。

我还知道，我和父亲生活的

已不再是同一时代，相似的症状，

并不代表有着相同的病因。

可是，我分明听见了那一声呻吟——

"哎哟"——仿佛一个人

在黑暗中突然跳出来，喊了一声，

让你的心从胸腔中跃起，紧紧悬着。

"哎哟"——仿佛深夜的一声紧急刹车,

刹车片冒着烟卡在你的肺部,

咳嗽切割着你的呼吸。

父亲,你是在这样提醒我,生活不易,

且行且珍惜吗?还是用这样的方式鞭策我

不要到了你的年纪,空留一声呻吟?

父亲,如果你活着,应该知道

我已到了不惑之年,从前你教给我的

我已从字缝中读出了部分,你留给我的

那枚苦胆,我时常会舔一舔,

用来治疗失忆。生活充满了未知,

却不总是乌云蔽日。当我把你的呻吟

扛在肩上的时候,你就是我最有效的药物,

我的一生只能在你不断地

贴敷和煎熬中,反复发作反复痊愈。

◎ 蚂蚁旋涡

和老张聊天，无意中聊到了蚂蚁。

我说蚂蚁真是一个神奇的物种，

形容渺小卑微的事物，我们用蚂蚁，

"捏死你就像捏死一只蚂蚁"，

"蚍蜉撼树"，"蝼蚁尚且偷生"。

形容强大凶悍的事物，我们用蚂蚁，

"蚂蚁能搬动比自己重很多倍的食物"，

"蚂蚁能轻松消灭一头大象"，

"蚁群所过之处，寸草不生"。

老张附和说："是啊！我更倾向于自己

是一只渺小的蚂蚁，虽然也承受着

比自己重很多倍的压力。"

（老张四代农民，上过高中，

唯一的儿子现在在城里工地搬砖。）

我说对，我们都是。随即又说：

"但你信不信，蚂蚁还有另一种状态。

一大群蚂蚁，进入一个死循环，

绕着一个中心不停地转圈，直至

精疲力尽，死于非命。"

老张想了想，没说信，也没说不信。

他只是默默地自己点了一支烟，

吐了一个又大又圆的烟圈。

他黝黑的脸藏在缥缈的烟圈背后，

就像一只刚从地里刨出的土豆，

土豆上面，将要腐烂的那一块阴影。

◎ 过某某村

在一片向阳的坡地边，一棵白杨树下，

几个孩子，在玩一场出殡的游戏。

他们分工明确，抬棺的抬棺，

奏乐的奏乐，扮演孝子的，

拖着长长的尾音，哭得麻雀纷纷飞离了枝头。

我远远地停下来，看了一会儿，

就一会儿，我忽然竟有了些许伤感。

在日益冷清的农村，以后还会不会再有孩子

来玩这个游戏，我不知道。

但能将大人世界里如此沉痛的事件

演绎得如此严肃又如此有喜感，

大概也只有他们了。

三分钟之后，作为见证者，我将离开。

一阵春风过后，那些麻雀

将会重新回到树上，被他们当成引魂幡

插在土堆上的树枝，或许会枯萎，

或许会生根发芽，成为又一棵高大的树木。

◎ 把一首诗选入课本

选马沟是一座巴掌大的村庄，落后，闭塞
老一辈的人们，很少有人读到初中。这里的人
只信一个理：只要肯出力，地里就会有好的收成

他们偶尔也会流露出对在外工作的人的羡慕
但常常说出的却是
你们这些手无缚鸡之力的人，没用

有一年过年，我和村里的几个发小喝酒
情急之下我脱口而出："别小瞧人，说不定哪天
我的诗，会选入你们孩子的课本。"

说完之后我立马为我吹的牛后悔了
可情形，却发生了从未有过的变化
瞬间，他们个个沉默，之后频频向我敬酒

之后，他们才说：他们都爱自己的孩子

他们也希望孩子能像我一样

为了孩子多读书，他们才拼命劳动

那一夜，我醉了。我为自己感到羞愧

这世上没有一块土地，不是越耕越贫瘠

这世上也没有一首诗，是写给目不识丁的农民

献诗

◎ 杀牛

见过杀鸡、杀狗、杀羊

第一次看杀牛

原本以为，那么高大强壮的牛

至少需要十多人才能摁得住

印象中即便是一只成年的老虎

扑倒一头牛也不是件容易的事

可我分明看到，这一切

一个人轻而易举就完成了

当那个屠夫抡起铁锤狠狠砸向牛的天灵盖

我的心头突然一紧——

牛，浑身颤抖着倒下了，再也没能站起来——

一场宰杀，就仿佛没有宰杀

结束了。至死

我都没有听见它叫一声——

一头健壮的牛，一头王子般高傲的牛
它无声的叫声像一根刺
深深地，扎在了我的喉咙中……

◎ 删除比喻

常常对人说起：写作如种地

就像谎言重复一千次

就能变成真理，有一天我惊奇地发现

我竟然也对自己的这句谎言

深信不疑。而事实是，我已经有十多年

不曾下地劳动。我只是将父母

置身于想象的青山绿水间

将乡亲，安放在虚构的日升月落里

我曾经赞美过的苦难

赞美过的大地和丰收，已经被一波又一波的

务工大潮代替。还能说什么呢？

当我终于回到了故乡

我发现，在一排排破败的房屋前

我早已没有了故乡

多年来，我写坏了那么多的句子

伤害了那么多的词语。我只是在等待

等待一个春天。而春天来了

那些辛劳的种子，又该撒向哪里？

或许，和那些早就失去了灵魂的稻草人一样

我不该再执着于某一块麦地

我决定，在这个春天，将我的羊群

和暮色一起赶进大海

并以此诗为证，删除我之前所有的比喻

献
诗

◎ 停下的一刻

忙碌的日子总有停下来的那一刻

我点上烟，沏上茶，伏案写作

或者邀三五知己围坐一桌

用满嘴酒气诉说一天的生活

这时候的我是愉悦的

虽然钟表的指针如同输液管中的液体

用致命的声音不断提醒着我

虽然我对生活苛求不多

只需一支烟、一杯茶、二两小酒而已

但这对于一年到头

只能在祭日才实现一次的父亲

已经奢侈太多、幸运太多了

每次我到他的坟头看到的

都是荒草无法托起的皑皑白雪

这让我每次都产生一种错觉

我是在昨天刚刚来过

当我终于意识到已经时隔一年的时候

我有一种无法言说的苦

时隔一年

我又一次难过地爱上了现在的生活

献诗

◎ 论烦恼

父亲生前曾说：

人在吃不饱肚子时，只有一个烦恼，

吃饱了，就有无数的烦恼。

他常常用他一生的经历告诫我们：

人活着不能太贪心，

衣食，够用就好；钱财，够花就好。

他读过小学，却只上到三年级，

炼过钢铁，却没炼出一件成品，

在生产队挣过工分，却养不活一家人。

"因寒冷而打战的人，最能体会阳光的温暖。"

他的前半生都在操劳一件事，

并把没干好其他事，统统归结为这唯一的原因。

直到他去世，我们将丰盛的祭品

堆满他的墓地。我忽然明白，我诸多的烦恼
其实，只是一个烦恼，它来自我的饥饿——

拥有了那么多，非必须，不能食。
父亲一生，都在开荒拓土，
最终却什么都没有占领。

荒凉的墓地边缘，只有北风在不停地吹，
只有几只野狗，在窥视着祭品……

献诗

◎ 啄木鸟

在我生活的乡下，它们被称作啄木虫，
常年游弋于山林之间，用它们长长的喙，
对不同的树木都耐心地一一叩问。
乡亲们都非常喜欢它们，进山遇到
从不会去捕捉甚至打扰。因为都知道
这是一种益鸟，是"森林医生"。
它们不但直接医好了树木的身体，
让树木能够健康地生长，更间接医好了
乡亲们的灵魂，除掉了他们内心里
腐烂的病根。可他们不知道的是
还有另一层真相——啄木鸟在除虫的同时，
也在破坏树木。为了获取更多的虫子，
故意啄坏树木表皮使树木的汁液流出来，
从而吸引大量害虫。它们也不会筑巢，
直接选取一棵树在树干上啄出一个大洞，
来储藏食物和安身。

但是，我是说但是，如果将这些

说给我的乡亲们，打死他们也不会相信。

这就是他们。像啄木鸟一样，

总是从自己的实际出发，建造家园的同时

也在毁坏着家园。像所有相信啄木鸟的人一样，

善良，偏执，总是不愿面对不好的事物，

仿佛在心里不断往自己偏向的一边增加砝码，

世界就能美好，就能永远保持平衡。

◎ 犁地的父亲

父亲在犁地。他一手扶着犁铧

一手握着吆喝牲口的鞭子，

在料峭的倒春寒里，犁地。

银亮的犁铧所过之处，泥土一行行翻身，

春天因此更松软了几分。

我跟在父亲身后，默默地看着他犁地。

其实父亲不喜欢我跟着他，

他说泥里滚爬的孩子长大没出息。

可我就偏爱这样看着他，

看他像个小学生一样，在一块块

不规整的作业本上，认真写下一行行字迹。

我常常想，父亲上学时，

一定是名品学兼优的好学生。

就那么几块地，他反反复复写了一辈子，

每一行，都那么匀称、整齐。

213

这样想时，父亲已经掉转了马头，

一道题的答案已呼之欲出，

而周围的草色也瞬间明亮许多了，仿佛

突然之间，都齐刷刷长高了一厘米。

献
诗

◎ 泄洪

整个夏天，他都把自己放置在
门前的那棵老榆树下面。偶尔半裸着脊背，
紧包骨头的肉皮松懒地下垂。
知了叫的时候他打着瞌睡，停的时候
他欠一欠身子。他不觉得这样的生活
有什么不对。自从孩子们进了城，
他就过上了这种只有上班族
才有的退休生活。他已种不动地，
也不习惯城市的嘈杂。孩子们每个周末
都会按时来看他，带来生活必需品。
其余时间，他将自己的口袋一样搬进搬出，
有时也对着自己的影子说话。
现在，太阳已经西斜，已到了将自己
搬进去的时间，但他仍然未动，也或者
他有些力不从心。就在不久前，
这里发生了一场阉割。一位骟匠
取出了一头犍牛钢珠一样硕大的睾丸。

那是一对多么鲜活的睾丸啊，

殷红，微颤，仿佛两只眼睛，随时

都会射出一道光，将世界照成一团漆黑。

◎ 祭祀

它并不知道下一刻，它将成为祭品。

和往常一样，它温顺地走在羊群中，

一棵一棵，啃食地上的草。

它并不知道，就在不远处，

它的主人，背着祭台在霍霍磨刀。

即便它的主人走近它，捉住了

它的两条后腿，它仍然未曾感到害怕。

它以为主人只想剪掉它多余的羊毛。

它连挣扎也都是象征性的，甚至

刀刺入胸腔时，它还咀嚼着嘴里的草。

一场祭祀就这样完成了。仿佛没有祭祀。

如果它有灵魂，此刻，它应该看得到，

它是跪着被摆上祭台的。

它第一次这样跪着，还是在母亲胯下吮乳，

它不会想到第二次，它会被托举得这么高。

◎ 生活

有的技艺会无师自通，有的不是。

有的传承有严格的仪式，有的不是。

当我的曾祖父、祖父、父亲

一代代靠种地活下来，一切都那么自然而然，

仿佛一株幼苗不需要阳光雨水，

随着时间的推移就能长大，挂满果实。

当我的姐姐、哥哥

将一只书包传到我手里，那已经

不再是一只书包，那是我的母亲独自在深夜

用一片片补丁串联起来的破碎的日子。

因此，我永远记得在我要离开村庄的那一夜，

仿佛重大节庆似的，父亲特地

请来了祖宗的牌位，并认真地嘱咐我

一起跪下来，恭恭敬敬上了三炷香。

那是很多人目不识丁的二十世纪九十年代，

父亲用全家的积蓄

为我构建了一座海市蜃楼。

我不断地向楼台靠近，直至它越来越模糊，

越来越模糊，最终化为虚无……

我回头，不见了父亲。只有回忆

在一年年凌迟着我。只有母亲佝偻的身子

提醒我，这世间有一门技艺，叫生活。

◎ 蒲公英

它们从不探头探脑，春风一吹，
就迅速从河道旁、地埂边、瓦砾堆里钻出来，
仿佛一个急性子的乡下人，
几下就长得根肥叶胖，锯齿状的叶子，
伞一样随意覆在村庄的衣襟上。

接下来，就是许多孩子提着自制的藤条篮子，
不停地挖呀挖，挖呀挖，
拌面的是它，熬粥的是它，腌浆水的是它，
厨房里搁的是它，喂猪的还是它。

直到它长出小小的透明的降落伞，
直到一茬又一茬孩子不断长大，
落在原地的，在村庄生了根，
被风吹远的，一程程浪迹天涯……

献
诗

220

◎ 中秋，寄月亮

天阴着。但我相信，那枚月亮一定会

穿过层层乌云

赶来，露出它的脸。细腻，温润，

散发瓷质的光芒。有无数游子，正走在路上，

无数恋人，正等着

将它挂在木制的、钢铁的、铝合金的窗前。

我们比任何时候都需要这枚月亮。

曾几何时，几位古人坐在桂树下面，

赏月，饮酒。兴之所至，写下了

让后世学子背诵全文的千古名篇。

曾几何时，我将它和村庄的小溪一起

装进行囊，照亮了我荒凉的远方。

自此后，每年中秋，我都会写一首诗，

为自己，为他人，为思念，为过往。

今夜，天阴着。但我固执地相信

月亮一定会赶来。因为，

我们比任何时候都需要这枚月亮。

它是醉酒的老父亲，如柴的双手在抖落头上的

那一抹秋霜。它是方言里的抑扬顿挫，

过了今夜，一切都会卡在途中，

如同装酒的碗碎了，酒还保持着碗的形状。

◎ 老照片

翻找东西时，无意间翻到一张黑白老照片。

一位扎着两只麻花辫子的少女，

站在一株开花的杏树旁边，

脸上挂着掩饰不住的微笑。

如果不仔细辨认，

根本不会认出这就是我年轻时的母亲。

我并没有表现出惊讶。而是轻轻地

将照片重新装进了抽屉。

这是一个美妙的下午，

母亲在侍弄她的园子。

并不知道，我在心里

将她和照片比对了一遍又一遍。

直到她弄完了园子走进堂屋，

像一朵杏花，

颤巍巍降落在新翻过的泥土上面。

◎ 闯进羊群的牛犊

农历六月，渭河大地绿荫一片，
适合郊游。朋友打电话邀我去山里坐坐，
说司机已找好，有最美味的牛犊肉，
和上好的白酒。我欣然应允。

一顶薄帐篷，一张折叠桌子，几把折叠椅子，
组成了我们的高级行营。自制的土炉子，
最原始的柴火，最清凉的山泉水，
牛肉下锅，都不会泛起泡沫。

本以为还需要一段时间，牛肉才能熟透，
可我们才斗了几把地主，看灶的朋友
已提着铝锅走进帐篷。无孔不入的香气
瞬间勾起了我的馋虫。当即抓了一块，

来不及蘸上椒盐，瞬间入口的感觉
只有一个字：嫩！我忙问朋友

这是什么新品种？朋友呷了一口酒

讪笑着说："白痴了吧？这就是当地黄牛。"

见我不信，他随即又说道："只不过是

刚刚生下来的黄牛。"我惊讶：不会有病吧？

"不仅没病，还非常健康。"我更加迷惑：

那为何要杀掉？他又呷了口酒，顿了顿：

"因为牛奶。这两年牛奶需求量猛增，很多牧民

都开始以取奶为生。牛不下崽

就没有牛奶。但不杀掉牛犊，也没有牛奶，

一头牛的产奶量，正常只够一头牛犊吸吮。"

当天晚上，我失眠了。我不知道

谁对谁错。只好按着传统方式数羊，

数着数着，就有一只牛犊闯进羊群之中，

数着数着，就有一只牛犊闯进羊群之中……

◎ 无用的事物

歌手梁龙和乐队成员一次在乡下老家排练时，
一位大爷问他们在干什么，回答在玩摇滚。
老大爷一脸的求知欲，问什么是摇滚，
经过乐队成员好半天的解释，老大爷
恍然大悟，接着来了一句："那玩它有啥用？"

类似的事情十年前我刚学写诗时，
也曾遇到过。我的一位时常关心他人的同事，
见我常常将自己关在逼仄的宿舍里，
忧心忡忡地问我："写诗有啥用？"

我相信，那位大爷和我的同事这样发问时，
绝对出自好心，绝对没有嘲讽的意味。
在此后的好几年，我不止一次问过自己
同样的问题，而始终没有答案。

但在此过程中，我找到了许多同样无用的事物：

献诗

伪造的字画，午夜独自燃烧的香烟，

二十四小时开着却鲜有人问津的咖啡馆，

在水中一泡就是一整天的钓竿，落在深山的

白茫茫的大雪，冥币，鸡肋，蛤蟆眼镜，

一群人争抢一只的足球，醒来就后悔的酒精……

诗歌作为其中的一种，因为无用，而让人放心。

◎ 流水的一生

在我出生的地方，有一条从峭壁泵出的河流。

十二岁那年，我顺着这条河流，

来到了锹峪河。十五岁那年，

我顺着锹峪河，来到了渭河。

后来我在渭河边住了下来，开始了

我如流水的一生。在外面我常常这样介绍自己：

我是渭河发源地人。在渭源，

我也常常这样介绍自己：我是锹峪河边人。

但我从不介绍我的出生地，

因为即便说了，也没有人会知道。

这里的河流没有名字，它只是一年年流着，

正如一个人的乡愁，它只会翻山越岭，永不干涸。

献诗

◎ 冬至

冬至日，再次走在熟悉的路上

两旁的树木举着光秃秃的枝丫

仿佛在做最后的坚持

灰蒙蒙的田野里

间或有几只鸟雀飞起又降落

单调的叫声加重了暮色

一些未被做成饲料的玉米秆儿

胡乱地堆在一起

似乎在等着一场大火

我知道，再往前走还是如此

记忆中，我的老家一直都是如此

这些年，回老家的日子越来越少

节日也变得可有可无

但我每次还是会走在这条路上

这是一条我闭着眼也不会走错的路

但我不知道的是从何时起

它居然改道了。也难怪啊!

这些年,习惯了被喊着回家

习惯了盯着手机吃母亲做的饺子

很少在意一些细微的变化

现在想想,母亲的白发又该多了些吧?

我要赶快回到家中

我要将这些年忽略的一一拾起

就从此刻,从这条新修的道路开始

献诗

◎ 罪责

父亲不爱母亲，

我早就知道。

他们常常吵架，最后把责任推卸给我：

因为有了我。

如同背负着十字架，我背负着这个罪责，

活过了一天又一天。

直到父亲去世，

母亲瞬间白头。

我有一丝窃喜，更多的还是悲哀，

谎言终于被揭穿了。

但这又有什么用呢？十字架拆除了，

钉在下面的人并没有得救。

◎ 烧纸钱的男人

小镇的春天，来得明显比别处迟了些。
已是小年夜，只有几挂零星的鞭炮
发出稍纵即逝的声音，远不如以前大户人家
过一场白事，来得闹腾。

雪花将落未落的夜空下，一名中年男人
在十字路口烧纸钱。火光映得他
满脸通红，远远望去，
仿佛地摊前，售卖的一元一张的门神。

如果他烧完就回去，这将是一个
再平常不过的夜晚。我会很快回到单位，
读几页诗，然后拉上被子睡觉。

可当我走近他时，我分明听到他对着天空
喃喃自语："爸，儿子不孝，只能在千里之外
给您磕头，但愿这些钱，您能收得到。"

我一下子想起父亲，想起我这些年的生活。

是啊！这世上总有一些人，终究无处下跪，

只能借用异乡的街道；这世上总有一些话语，

只能捎给风，吹着吹着，世界就安静了……

◎ 羞愧

我常去的一家饭馆

菜品尚可，环境一般

价格适中，服务一般

几个不知从哪座村子找的服务生

要是不提醒

她们绝不会动一动

之所以会去这里

主要是这里的每个包间

都有一个土得掉渣

却又无比可爱的名字

给人的感觉

仿佛遇到了家乡的亲人

我也曾怀疑

这不过是老板的营销手段

但一想到他连家乡都移过来了

我就为我的浅薄感到羞愧

不信你瞧，暗红色的门顶上

镶头山、烟雾沟、落石崖、躲雨洞……

分明就是我小时候的玩伴

二蛋、三娃、鸡换、狗剩……

◎ 南山牧歌

那些触手可及的云朵

仿佛游在水里的野鸭子

水面不动，它们不动

几个意犹未尽的背包客

赶着一大片草地向前奔涌

夕阳都要被他们甩在身后

夕阳照着他们的脸

为他们镀上了一层闪光的铜粉

山外面，除了一望无际的土豆油菜百合

是一望无际的羊群

风在吹拂，草在摇曳

而牧羊人去了哪里呢？

一路上，几棵快要成精的白桦树

及时地抓住了几声鸟鸣

几只肚子滚圆滚圆的公山羊

及时抓住了最有利的地形

南山的那道豁口

抓住了一刹那的日落月升

牧羊人啊！吊儿郎当的牧羊人

他正躲在一块山崖下面

用一束狗尾巴花

编一只最美丽的花环

他要用花环

抓住阿妹那躲闪的眼神

他太用心了，以至于

没有看到村子里升起的炊烟

没看到几只羊正钻进一块苜蓿地里

啃食沉甸甸的黄昏

◎ 父亲节，写一首关于父亲的诗

但写些什么呢？他的苦难？

那是一代人共同的苦难。

他的幸福？他好像也没有什么

可写的幸福。父亲是一位农民，

将所有普通农民的形象

都套在他身上，也不会显得违和。

一句话概括：种地而已。

他离开我已整整五年，

生前我们也没有好好聊过。

唯一的一次是他在外面喝醉了酒，

回家之后拉着我的手，

不停地向我道歉，向母亲道歉。

我从未见过他声泪俱下的样子，

仿佛我们所有的不如意，

都是他一人亲手所赐。

仿佛一个被大人冤枉的孩子，

只能对着大门外面

献诗

默默站立的杏树、桃树、李子树哭诉。

其实有很多次，我也想哭诉。

也想有一双手紧紧拉着，

即使颜面扫地，语无伦次。

可是父亲，现在，这只能是一个

奢侈的想法，我有限的泪水

早已被生活用来造盐了。

何况当年的老屋已塌方成土，

单位院子里坚硬的水泥地面，

连杂草都没有，更不用说长出树木。

◎ 新年

没有想象中的热闹——

天空在酝酿着一场大雪，

一枚毛玻璃似的月亮，正艰难地穿越

厚厚云层。

没有想象中的清冷——

火红的灯笼下面，几个卖炮仗的散户，

抽烟一样吐着白雾，几只脏兮兮的流浪狗

拖着长长的影子，仿佛拖着

它们的前世今生。

新年的钟声就要敲响了！

新年的钟声，将唤醒每一个沉睡的灵魂，

却注定无法敲响

一扇出租房的木门。

这里的人没有故乡，他的每一步

都只能向前，都是和自己狭路相逢。

◎ 剥皮梨

霜降过后，它们的色泽由绿转黄

变得饱满多汁。理论上

它们已然成熟。但你要是被它们的

姿色吸引，一口咬下去，瞬间就会酸倒牙齿

有经验的农人，通常会将它们

一颗颗摘下来，铺上麦草

封存在闲置的缸里，柜子里，粮仓里

或直接放进麦草垛里

等到第一场大雪降临人间

火盆里生起大火，再将它们分次取出

这时的它们浑身已变得黝黑

只需轻轻一剥，皮肉就会完全分离

不用咬，果肉入口即化

酸甜适中，瞬间沁入心脾

这是多年前的事了。那时候没有保鲜技术

冬天解馋的东西少之又少

父亲常常一边在火盆上煮着罐罐茶

一边为缩在被窝里的他剥去梨皮

那时候，他离父亲很近，只隔着

一只梨的距离。而现在，超市里

那么多的新鲜水果，他和父亲

却那么远，隔着一块冰冷的墓碑

献诗